BESTSELLERWORLDBOOK 22

기탄잘리

R. 타고르 지음 | 김광자 옮김

소담출판사

김광자

전문번역가로 활동중.
1992년 고려대 영어영문학과 졸업.
『인형의 집』을 번역하였다.

sodampublishingcompany

BESTSELLERWORLDBOOK 22

기탄잘리

펴낸날 | 2002년 9월 5일 초판 1쇄
         2002년 12월 1일 초판 2쇄
지은이 | R. 타고르
옮긴이 | 김광자
펴낸이 | 이태권
펴낸곳 | 소담출판사
         서울시 성북구 성북동 178-2 (우)136-020
         전화 | 745-8566~7 팩스 | 747-3238
         e-mail | sodam@dreamsodam.co.kr
         등록번호 | 제2-42호(1979년 11월 14일)

ISBN 89-7381-479-6 03890
● 책 가격은 뒤표지에 있습니다

www.dreamsodam.co.kr

Gitanjali

R. Tagore

당신은 나를 영원으로 만드시니
그것은 당신의 기쁨입니다.
당신은 이 연약한 그릇을 비우고 또 비우시고
끊임없이 싱싱한 생명으로 가득 채워 주십니다.

Gitanjali

차례

예이츠의 서문

1

나는 며칠 전 한 저명한 벵골 태생의 의사에게 이렇게 말했다.

"나는 독일어를 잘 모릅니다. 그래서 만일 어느 독일 시인의 번역 작품이 감동적이었다면, 영국 박물관에 가서 그의 생애와 사상에 관해 영어로 된 볼 만한 책을 찾아볼 수밖에 없었을 것입니다. 라빈드라나드 타고르의 번역된 산문시는 오랜만에 내 피를 뜨겁게 했지요, 그러나 인도에서 온 여행자가 내게 말해 주지 않았다면 나는 타고르의 생애나 그의 창작을 가능케 한 사상에 관해 전혀 알 수가 없었겠지요."

그러자 그는 내가 감동받은 것을 당연하게 여기는 듯 "나는 매일 라빈드라나드의 작품을 읽지요, 그의 시를 한 줄 한 줄 읽다 보면 세상의 온갖 걱정을 잊는답니다."라고 말했다.

나는 또 이렇게 말했다.

"리처드 2세 당시, 런던에 살고 있던 영국인에게 페트라르카나 단테의 번역된 작품을 보여 준대도, 그는 그 작가에 대한 의문에 도움이 될 만한 책이 없으면 지금 내가 당신에게 묻듯이 프로렌스의 은행가나 롬바아드의 상인에게라도 묻지 않을 수 없었겠지요. 내 생각에 이 시가 이처럼 풍부하고 소박한 걸 보니 당신네 나라에 새롭게 르네상스가 시작되는 것 같군요, 물론 소문으로 듣는 것 이외에는 아는 바가 거의 없습니다만."

그는 대답하였다.

"인도에는 다른 시인들도 많습니다만, 타고르에게 견줄 만한 이는 아무도 없습니다. 그래서 우리는 이 시대를 라빈드라나드의 시대라고 하지요, 인도는 물론 유럽에서도 타고르만큼 유명하고 훌륭한 시인은 없다고 생각됩니다. 그는 음악에 있어서도 시에서만큼 위대합니다. 그의 노래는 서인도로부터 미얀마에 이르기까지 벵골 어가 통용되는 곳에서는 어디서나 많이 불려지고 있지요, 그는 첫 소설을 썼던 열아홉 살에 이미 유명해졌습니다. 그리고 곧이어 쓴 희곡들은 지금까지 캘커타에서 꾸준히 상연되고 있답니다. 나는 그의 생의 완전함에 무한한 찬미를 보냅니다, 그는 아주 어렸을 때 온종일 정원에 앉아서 자연을 소재로 한 글들을 많이 썼다고 합니다. 그리고 25세부터 35세를 전후한 시기, 그가 크나큰 고통을 맛보던 때에 그는 우리의 언어로 가장 아름다운 사랑의 시들을 썼습니다."

그는 감동 어린 목소리로 계속해서 말했다.

"내가 열일곱 살 때, 그의 사랑의 시에 얼마나 깊이 빠져 있었는지 말로 다 할 수 없습니다. 그 후 그의 예술은 더욱 깊어져서 종교적이고 철학적이 되었지요. 인류의 모든 열망이 그의 찬가 속에 들어 있습니다. 그는 삶을 거부하지 않고, 삶 그 자체를 말하는 성인들 가운데 가장 뛰어난 분입니다. 그래서 우리는 그에게 우리의 사랑을 바치는 것입니다. 얼마 전 그는 우리의 한 사원에서 경건한 기도문을 읽었습니다 - 브라마 사마지(Brahma Samaj)인 우리는 사원을 처어취라고 하는 당신들의 말을 사용하고 있습니다—그 사원은 캘커타에서 가장 큰 곳이었는데도 신도들은 사원에 가득 모여들었을 뿐만 아니라 창틀 위에까지 올라서고, 거리에도 가득 운집하여 사람들이 다닐 수 없을 정도였다고 합니다."

혹시 잘 기억하지 못해 그가 한 말을 제대로 전하지 못했을지도 모르치만 그의 사상은 틀림없이 전했을 것이다.

그 밖에도 나를 찾아온 다른 인도인들이 보여준 타고르에 대한 존경심은 명백한 조롱이나 다소 심각한 멸시의 베일로 크든 작든 감춰 버리는 우리네 세계에서는 아주 색다르게 들렸다. 우리가 사원을 지을 때 우리의 성인에 대해 그만한 존경심을 가진 적이 있었던가?

"매일 아침 세 시부터 두 시간 동안 그는 꼼짝도 하지 않고 앉아서 신의 본질에 대해 명상을 하고 있습니다. 그의 아버지인 마하리쉬 또한 이따금 같은 곳에 앉아 다음날까지 명상에 잠겨 있기도 합니다. 한번은 그가 강 위에서 경치의 아름다움에 취하여 깊은 명상에 잠기는 바람에 뱃사공이 여덟 시간이나 기다려야 했던 적도 있었습니다."

타고르를 잘 아는 한 인도인은 나에게 이런 이야기와 함께 타고르의 집안과 여러 대에 걸쳐 그 가문의 요람에서 어떻게 훌륭한 인물들이 날 수 있었는가를 말해 주었다.

"그 집안엔 지금 고고넨드라나드 타고르와 아바닌드라나드 타고르라고 하는 두 예술가가 있습니다. 그리고 바로 라빈드라나드의 맏형인 드뷔젠드라나드는 위대한 철학자랍니다. 다람쥐들이 나뭇가지에서 내려와 그의 무릎으로 기어오르기도 하고 새들이 그의 손에 날아와 앉기도 하지요."

나는 이들의 사상에서 마치 저들이 니체의 원리를 품고 있는 듯이 눈에 보이는 미와 의미의 감각을 주목한다. 여기서 니체의 원리란 우리가 육체적 대상에 빠르건 늦건간에 인상지어지지 못하는 윤리적 혹은 지성적 아름다움을 믿지 말아야 한다는 것이다.

"동양에서는 여러분들이 가문을 어떻게 빛내는가 잘 알고 있습니다. 언젠가 어느 박물관의 관리인이 중국 인쇄물을 정리하고 있는 약간 검은 피부의 사람을 가리키며 '저 사람은 바로 14대째 이 자리를 맡아 보고 있는 왕가의 미술 감정가랍니다.' 라고 말하더군요."

그는 이어서 내게 이렇게 말하였다.

"라빈드라나드가 어렸을 때는 그의 집안이 온통 문학과 음악으로 가득했답니다."

나는 타고르 시의 풍성함과 소박함을 생각하며 또 말하였다.

"당신네 나라에는 선동적인 작품이나 평론이 많습니까? 특히 우리나라에 그런 작품이 많아요. 그래서 우리들의 마음에서는 차츰 창조적인 정신이 희박해지고 있는데 어찌해야 할지 모르겠어요. 만일 우리의 인생이 끊임없는 싸움이 아니라면, 우린 무엇이 아름다움이며 무엇이 선인지 모를 것입니다. 또한 우리는 청중도 독자도 찾아 보지 못할 것입니다. 남의 마음이든 내 마음이든 우리 정력의 5분의 4는 악취미와 싸우며 소비되고 있지요."

그는 내게 또 다음과 같이 말했다.

"네, 저도 잘 알고 있습니다. 우리도 역시 지나치게 선동적인 글이 많아요. 마음마다 그들은 중세기의 산스크리트에서 인용한 길고 긴 신학적 산문시를 암송하지요. 그리고 그들은 종종 사람들에게 자신의 의무를 다하라는 문구를 끼워 넣는답니다."

2

나는 이 번역된 원고를 여러 날 동안 가지고 다니면서 기차 안이나 버스, 혹은 식당에서읽곤 하였다. 또 종종 낯선 사람이 내가 얼마나 감동하고 있는지 눈치챌까 두려워 가끔 그 원고를 덮어 두어야 했다. 인도 친구가 내게 들려준 말에 의하면 원래의 이 서정시들은 다른 언어로 옮겨 놓을 수 없는 오묘한 빛깔과 섬세한 리듬, 또 음률적이며 창조적인 재능이 넘친다고 한다. 그것은 나의 생애를 통하여 오랫동안 꿈꾸었던 세계를 그들의 사상 속에서 보여주는 최상의 문화적 산물이면서도, 그 작품은 마치 평범한 토양에서 자란 풀이나 잡초처럼 소박하게 보였다.

시와 종교가 하나가 되어 있는 전통에 여러 세기를 거쳐 세련되었거나 다소 투박한 은유와 정서가 더해져 학자와 저명인사들의 사상을 다시금 대중에게 되돌려 주었다. 만일 벵골 문명이 깨지지 않고 지속된다면, 또 일관된 정신이 모든 이들의 마음속에 내재해 있어서 서로 알지 못하는 수많은 마음으로 나뉘지지 않는다면, 이 시에서 가장 섬세한 어떤 부분들은 몇 세대를 거치며 길가의 걸인에게까지 소중하게 기억될 것이다. 영국에 있어 단 하나의 정신이었던 초서(Chaucer)는 읽히기 위해 혹은 낭독을 위해 〈트로일러스와 크레시다(Troilus and Cressida)〉라는 작품을 썼다. 그러나 우리 시대가 빨리 다가왔기에 그의 작품은 음유 시인들에게 잠시 동안 읊어졌을 뿐이었다.

라빈드라나드 타고르는 초서의 선구자들처럼 자신의 언어를 위해 작품을 만들었으므로 사람들은 언제나 그가 대단히 방대하고 즉흥적이며, 또 그 정열은 때로 과감하여 경이에 넘친다고 하였다. 그것은 또한 그의 작품이 난해하다거나 부자연스럽다거나, 공박할 만한 것이 아니기 때문이기도 하다. 이러한 작품은 교만한 손길로 책장을 넘기며 뜻없이 인생을 비관하는 숙녀들의 책상 위나 작은 호화 출판물 속에 끼지는 못할지도 모른다. 혹은 인생의 활동이 시작될 때인 대학생들에게 한쪽 구석에 젖혀 두는 책이 될지 모르나, 세대가 지나감에 따라 여행자는 고속도로에서, 뱃사공은 강 위에서 그 시들을 읊조리게 될 것이다.

사랑하는 연인들끼리는 서로 기다리는 동안 이 시를 입 속으로 중얼거리며 신의 이런 사랑에서 그들 자신들의 정열이 젊음을 감싸주고 새롭게 하여 주는 마력의 바다를 발견할 것이다. 순간 순간 이 시인의 정신은 위축되거나 머뭇거림 없이 독자들을 향해 열리고 시를 분출해 낼 것이다. 왜냐하면 시인의 가슴은 모든 독자의 마음을 품을 수 있기 때문이다.

먼지로 덮인 다갈색 옷을 입은 나그네, 또 고귀한 애인이 엮어 준 꽃줄에서 떨어진 꽃잎을 침대 위에서 찾고 있는 소녀, 텅 빈 집안에서 주인을 기다리고 있는 하인이나 신부, 이 모든 사람들의 가슴은 신들을 향하는 정신적 이미지들이다. 꽃과 강물, 소라 나팔을 부는 소리, 7월의 장마, 혹은 이글거리는 무더위, 이 모든 것은 분리 혹은 결합되는 감정 변화의 표상이다. 중국 그림에서 보는 것 같은 신비로움이 가득한 배경에서 강물 위에 배를 띄우고 거기 류트(lute)를 키며 앉아 있는 사람은 바로 신 자신인 것이다.

우리로서는 측량할 수 없을 만큼 이상한 온 인류와 문명이 이 상상의 세계에 자리를 잡고 있다. 그러나 우리가 감동하는 것은 그 낯설음 때문이 아니고 마치 우리가 로제티(Rossetti)의 버드나무 숲 속을 걷는 듯이, 혹은 처음으로 문학에 귀기울인 듯이, 꿈속에서 우리 자신의 음악을 듣는 듯이 우리 스스로의 이미지를 맞이하기 때문이다.

르네상스 이후로 유럽 성인(聖人)들의 글은 그들의 비유나 사상적인 조직이 아무리 친근감을 갖게 한다 해도 우리들의 주목을 끌지는 못하였다.

우리는 언젠가 이 세상을 떠나야 한다는 것을 알고 있다. 또한 우리는 괴로운 순간이나 기쁨의 순간에 스스로 포기해 버릴 것을 생각해 보는 습관이 있다. 그러나 수많은 시를 읽고, 수많은 그림을 감상하고, 수많은 음악에 귀기울였던 우리가 육신의 울부짖음과 영혼의 울부짖음이 하나가 되어 보이는 곳에서 어찌 가혹하고 완강하게 이 세상을 저버릴 수 있단 말인가. 스위스 호수의 아름다움을 보지 않으려고 자신의 눈을 가린 성 버너드(St. Bernard)나, 묵시록의 거친 웅변가와 우리의 공통점은 무엇일까. 가능하다면 우리는 이 책 속에서 장중하고 예의에 찬 어휘들을 찾아낼 수 있을 것이다.

"안녕히 계십시오. 형제들이여! / 내 모든 형제들에게 절하고 작별하겠습니다. / 여기 내 문의 열쇠를 돌려 드립니다. / 나는 떠나야겠습니다. / 또 내 집에 대한 온갖 권리도 모두 포기합니다. / 오직 그대들로부터 마지막 정다운 말씀을 듣고자 할 뿐입니다. / 우리는 오랫동안 이웃 사촌이었습니다. / 그러나 내가 준 것보다는 받은 것이 많았습니다. / 이제야 날이 밝아 내 어두운 구석을 밝히던 등불도 꺼졌습니다. / 부르심이 왔습니다. / 나는 여행의 준비를 모두 끝냈습니다."

또한 그가, "나는 이 삶을 사랑하기에 / 죽음도 함께 사랑해야 할 것을 알고 있습니다."라고 외친 것은 독일의 수도사 캠피스(Kempis)나 세례요한으로부터 가장 멀 때 느끼는 우리들 자신의 기분이다. 이 시집이 헤아리고 있는 것은 다만 이별에 대한 우리의 사상에만 국한된 것이 아니다. 우리는 우리가 신을 사랑한다고 생각지 않았고, 또 신을 거의 믿으려 하지도 않았다. 그러나 우리의 인생을 되돌아보면 우리는 숲 속의 길을 헤쳐 나가는 데서, 혹은 산 속 고요한 곳에서, 우리의 기쁨 속에서, 또 우리가 사랑하던 여인들에게서 우리가 얻으려 했던 것은 모두 은밀한 가운데 찾아오는 감미로운 정감이었다.

"나의 왕이시여 / 당신은 초대받지 않았어도 / 알지 못하는 흔한 무리 속에 끼여들고 / 어느새 내 가슴속에도 들어오셔서 / 서둘러 날아가는 내 인생의 순간 순간에 / 영원의 도장을 찍고 가십니다."

이것은 이미 수도승이 거하는 암자의 신성함이나 천벌은 아니다. 그것은 말하자면 땅과 햇빛을 그리는 화가의 위대한 정열의 감정으로 고양되어 갈 뿐이다. 또한 우리는 성 프랜시스(St. Francis)나 우리의 역사상 매우 거칠고 이질적으로 보이는 윌리엄 블레이크(William Blake)와 똑같은 목소리를 찾아서 가는 것이다.

3

우리는 어떤 일반적인 구조에서는 자신이 있기 때문에, 기쁨을 만들어 주는 어떤 본질적인 것이 한 페이지도 없는 그런 책을 길게 쓰기도 한다. 마치 우리가 싸우고, 돈을 벌고, 정치하는 일로 우리의 머리 속을 가득 채우는 것처럼 말이다. 그러나 타고르는 스스로가 인도 문명 그 자체처럼 영혼을 추구하는 일에 만족하고 그 자체의 성장에 자신을 맡겼다. 그는 종종 유행을 따라 살아오고 또 이 세상에서 그럴싸한 무게를 지닌 사람들과 자기의 생을 비교하는 것 같이 보인다. 그리고는 언제나 그에게 있어 그 길이 최상의 것임을 확신하는 듯 겸손하게 보였다.

"집으로 돌아가는 사람들이 / 나를 보고 웃으며 나에게 부끄러움을 안겨 줍니다. / 나는 구걸하는 아이처럼 앉아서 / 옷자락을 걷어 올려 얼굴을 가립니다. / 그리고 그들이 내게 원하는 것이 무엇이냐 물으면 / 나는 두 눈을 감은 채 아무 대답도 하지 않습니다."

또 언젠가는 그의 삶이 한때 얼마나 다른 모습이었는가를 기억하며 다음과 같이 말했다.

"나는 선과 악의 싸움으로 너무 오랜 시간을 보냈지만 / 이제는 내 허무한 나날의 놀이 친구가 / 내 마음을 잡아 끌기만 즐겨 합니다. / 그러나 왜 쓸모 없는 일로 갑자기 불려 나왔는지 / 나는 전혀 알지 못합니다."

그의 작품에는 다른 문학 작품에서는 찾아볼 수 없는 순진성과 소박함이 깃들어 있다. 그는 아이들이 새들과 나뭇잎을 사랑하는 것처럼 자연을 사랑한다. 그래서 계절의 변화는 자연과 마찬가지로 그에게도 커다란 사건이 된다. 종종 나는 그의 그러한 사상이 뱅골 문학의 영향인가, 종교의 영향인가를 생각한다. 그리고 한편으로 그의 손에 앉아 즐거워하던 새들을 기억하며, 이것이 유전이라고 생각하는 데서 기쁨을 찾아내고, 트리스탄이나 펠라뇰(Pelanore)의 공손함처럼 여러 세기를 통해 자라 온 신비를 발견한다.

그가 어린 아이들에 대해 이야기하고 있을 때 그런 특성이 잘 나타나고 있는데, 이것이 성자(聖者)의 이야기가 아니라고는 아무도 단정 지어 말할 수 없을 것이다.

 "아이들은 모래로 집을 짓고 / 조개 껍질로 놀이를 합니다. / 마른 잎으로는 작은 배를 만들어 / 생글거리며 넓고 깊은 바다에 띄웁니다. / 아이들은 세계의 바닷가에서 놀고 있습니다. / 아이들은 수영도 하지 않습니다. / 그물을 던질 줄도 모릅니다. / 진주 따는 어부는 진주를 찾아 바다 속을 누비고 / 상인들은 배를 타고 항해를 하지만 / 아이들은 작은 돌을 모았다가 또 버리곤 합니다. / 아이들은 숨겨진 보물을 찾지도 않으며 / 바다는 웃으며 큰 파도를 일으키고 / 바닷가의 미소는 파랗게 빛이 납니다."

1912년 9월
예이츠

기탄잘리

1

당신은 나를 영원으로 만드시니
그것은 당신의 기쁨입니다.
당신은 이 연약한 그릇을 비우고 또 비우시고
끊임없이 싱싱한 생명으로 가득 채워 주십니다.

이 작고 가냘픈 갈대 피리를
당신은 산과 골짜기로 지니고 다니시며
영원히 새로운 노래를 부르십니다.

영원히 사시는 당신의 끊임없는 손길에
나의 여린 가슴은 기쁨에 젖어
이루 형언할 수 없는 소리로 외칩니다.

당신의 무한한 선물은
극히 작은 내 두 손을 타고 옵니다.
수많은 세월이 흘러도 당신은 끊임없이 채워 주시건만

여전히 채우실 자리는 남아 있습니다.

2

당신이 내게 노래를 부르라 하시면
내 가슴은 자랑스러움으로 터질 듯하고
당신의 진리 가득한 눈을 올려다보면
내 두 눈에선 눈물이 흐릅니다.

내 생명에 깃든
거칠고 모난 모든 것들이
한줄기 감미로운 화음으로 녹아들고,
마치 바다를 건너는 즐거운 새처럼
나의 찬미는 큰 나래를 펼칩니다.

당신이 내 노래에서 기쁨을 얻으시리라 믿습니다.
오직 노래하는 자만이
당신 앞에 가까이 갈 수 있음을 믿습니다.

활짝 펼친 내 노래의 날개 끝으로

나는 감히 닿을 수 없는
당신의 발을 어루만집니다.

노래의 기쁨에 젖어 나는 넋을 잃고
내 주인이신 당신을
감히 친구라 부릅니다.

3

당신이 어찌 노래 부르시는지
저는 진정 모릅니다.
잔잔한 놀라움 속에서 귀기울일 뿐입니다.
당신 노래의 빛은 세상을 밝게 하고
당신 노래에 담긴 생명의 입김은
하늘에서 하늘로 여울집니다.
당신 노래의 성스러운 물결은
돌덩이의 장벽도 부숴 버립니다.

내 마음은 당신과 함께 노래 부르고 싶지만
끝내 소리되어 울리지 않고
말하려 해도 말은 노래되어 나오지 않아
마침내 당황하여 울어 버립니다.

아아, 당신의 노래는 끝없는 그물로
내 마음을 온전히 가져 가 버렸습니다.

나의 주인이시여.

4

내 생명의 생명이여,
내 몸 언제나 정결케 하겠습니다.
내 온몸이 당신의 생생한 숨결로 어루만져짐을 아오니!

내 생각으로부터
모든 거짓을 씻어 내겠습니다.
내 마음속 이성의 등잔에 불 밝힌 진리가
바로 당신임을 아오니!

내 가슴으로부터
모든 죄악을 몰아내어
내 사랑이 꽃 피도록 하겠습니다.
내 가슴속 가장 깊은 곳에
당신이 자리하고 있음을 아오니!

그리고 내 몸의 움직임 가운데

드러나도록 정성을 다하겠습니다.

내 행동에 더해 주실 힘

바로 당신의 권능임을 아오니!

5

지금 하던 일 뒷날로 미루고
잠시 동안이나마 당신 옆에 앉아
은총을 구하게 하소서.
당신의 얼굴로부터 떨어져 있으면
내 마음에 휴식도 안식도 없고
나의 일은 기댈 곳 없는 고통의 바닷속
가없는 괴로움이 됩니다.

오늘은
여름이 산들거리고 속삭이며
내 창가에 슬며시 찾아오고
꿀벌들은 꽃이 가득 핀 정원에서
부지런히 시를 읊조리고 노래를 부릅니다.
아, 이젠 말없이 당신과 얼굴을 마주하고 앉아
이 조용함이 넘치는 안일 속에서
내 생명의 헌사를 노래하겠습니다.

6

작고 가냘픈 이 꽃을 꺾어 주시옵소서.
시들어 땅에 떨어질까 걱정되오니
늦기 전에 지금 바로 꺾어 주시옵소서.

비록 이 꽃
당신의 줄기에 엮일 수 없다 해도
당신의 손길에 꺾인다면 영광이옵니다.
나 알지 못하는 사이에 해 지고 날 저물어
공양의 때 놓치면 안 되옵니다.

그 빛은 연하고
향기는 그리 진하지 못하지만
이 꽃 공양에 쓰일 수 있도록
더 늦기 전에 꺾어 주시옵소서.

7

내 노래는 모든 장식을 떼어내 버렸습니다.
이제는 옷과 장신구를 자랑하지 않습니다.
치장은 우리 결합에 상처만 내고
당신과 나 사이를 멀어지게 하며
장신구의 짤랑거리는 소음은
당신의 속삭임을 못 듣게 할 것입니다.

내 시인의 자만은
당신 앞에 서면 부끄러이 사라집니다.
오, 위대한 시인이여
나는 당신 발치에 앉아 있습니다.
당신이 노래 가득 불어넣는 갈대 피리처럼
내 삶을 참되고 바르게 하소서.

8

아이에게 귀공자의 옷을 입히고
보석이 잔뜩 꿰인 목걸이를 걸어 주면
아이는 놀아도 전혀 즐겁지 않습니다.
아이가 걸을 때마다 거치적거리기에
부딪히면 닳아 버릴까, 더럽혀질까 두려워
세상에서 움직이는 걸 겁내 하고
결국은 그것과 멀어집니다.
그리하여
이 땅의 싱싱한 흙으로부터 차단되고
모든 사람이 함께 펼치는 위대한 축제에
입장할 권리마저 빼앗겨 버린다면
어머니시여,
당신의 호사스런 치장은
아무 소용도 없습니다.

9

오, 어리석은 자여,
그대 어깨에 그대 자신을 업고 가려 하는가.
오, 거렁뱅이여,
그대의 집 문 앞에 서서 구걸하려 하는가.

모든 것을 줄 수 있는 그분 손에
그대의 짐을 모두 맡기고
미련으로 뒤돌아보지 말라.

그대의 욕망이 숨을 내쉬면
등잔불은 이내 꺼져 버리니
이는 성스럽지 못함이라.
그 더러운 손으로 그대의 선물을 받지 말라
오직 성스러운 이가 주는 것만을 받으라.

10

여기 당신의 발판이 있습니다.
가장 가난하고 비천한 길 잃은 자가 사는 이곳에,
당신의 발길이 머뭅니다.

당신 앞에 무릎 꿇어 몸을 굽히고자 하오나
가장 가난하고 비천한 길 잃은 자들 속에
머물고 계신 저 깊은 곳까지
내 예배는 이르지 못합니다.

가장 가난하고 비천한 길 잃은 자들 속에서
당신이 남루한 옷을 입고 걸으시는 그곳에는
허영과 오만도 결코 가까이 가지 못할 것입니다.

전혀 알 수 없는 길!
가장 가난하고 비천한 길 잃은 자들에 섞이어
고독한 자와 함께 하러 가시는 곳으로는

내 마음도 그 길을 찾아갈 수가 없사옵니다.

11

찬미하고 노래하며 기도하는 것
모두 멈춤이 좋으리라.
문마저 닫힌 사원,
이 쓸쓸하고 어두운 구석에서
누구를 사모하며 기도드리고 있는 것일까.
그대 살며시 눈을 뜨고 보아라,
신은 그대 눈앞에 계시지 않으리니.

신은 농부가 단단한 땅을 가는 곳
길가의 일꾼들이 돌을 깨는 곳에 계시니라.
맑은 날이나 비 오는 날이나 한결같이
신은 그들 옆에 같이하여
입은 옷은 먼지투성이가 되었나니
그대 또한 그 성의를 벗어버리고
신처럼 먼지 많은 흙으로 나오라!

해탈이라고?
해탈이 어디에 있다는 것인가?
신은 스스로 세상의 속박을 기꺼이 받으시고
영원히 우리와 함께 인연을 맺으셨거늘!

그대여, 명상에서 나오라.
꽃과 향기도 멀리함이 좋으리라.
그대 옷이 해지고 더러워져도
신 가까이에서 땀 흘리고 고생하며
신을 맞이함이 옳으리라.

12

내 여정의 시간은 오래고 갈 길은 멉니다.
아침 첫 햇살을 받으며 수레 타고 나가
모질고 험한 온갖 세상 풍파를 견디며
수많은 별에 내 자취를 남기고 왔습니다.
당신에게로 가는 길은 가장 멀고
무(無)에 이르는 시련은 가장 오묘합니다.

나그네는 자기 집 문에 이르기 위해
낯선 문마다 일일이 두드려야 하고
마지막 가장 깊은 신전에 다다르기 위해
온갖 세상을 방황해야 합니다.

마침내 눈을 감고
"당신이 여기 계십니까?" 라고 말하기까지
내 눈은 멀리 헤매고 다녔습니다.

"아아, 어디입니까?" 라는 물음과 외침은
철철 솟구치는 눈물의 샘으로 녹아 내리고
"내가 있다" 는 확신의 말은 홍수로
이 세상을 범람케 합니다.

13

내가 부르려 했던 노래는
끝내 부르지 못했습니다.
나는 악기를 켰다가 멈추고
켰다가 멈추며 며칠을 보냈습니다.

가락은 맞지 않았고
말씀은 바로 놓이지 않았습니다.
내 마음속엔 욕망의 괴로움만 있을 뿐
꽃은 피지 않고
오로지 바람만 한숨 지으며 그 곁을 지나칩니다.

아직도 나는 당신의 모습 보지 못하고
당신의 목소리를 듣지 못했습니다.
다만 내 집 문 앞을 지나시는
당신의 조용한 발걸음 소리를 들었을 뿐입니다.

내 생의 기나긴 날을
당신이 앉으실 자리를 펴는 데 보냈지만
아직 불 밝힐 등잔도 준비 못했고
내 집에 들어오시기를 청하지 못하였기에
당신 만나기를 희망하며 살아가건만
아직도 나는 당신을 뵙지 못하였습니다.

14

내 욕망은 산더미 같고
내 외침은 처절했습니다.
그러나 당신은 완강히 거부하사
언제나 날 구원하셨으니
이 굳세고 엄한 당신의 자비는
내 생명 속에 깊이 뿌리 내렸습니다.

내 미처 청하지 못했건만
당신은 언제나 깨끗하고 큰 선물을 보내십니다.
이 하늘과 빛
이 육신과 생명과 마음을
또한 이 몸을 귀하고도 거룩한 선물을
받을 만한 존재로 만드셨습니다.
지나친 욕망 때문에 멸망할 수렁에서
이 몸을 구하셨습니다.

내가 쓸쓸히 헤맬 때도
갈 곳을 찾아 깨어 서두를 때도
당신은 언제나 무정하게 모습을 감추십니다.

당신은 날마다 나를 거부하심으로
나로 하여금 당신을 더욱 온전히 알게 하십니다
허약하고도 속절없는 욕망 때문에 멸망할 위기에서
이 몸을 구하셨습니다.

15

당신을 찬송하기 위해 나 여기 왔습니다.
당신께서 머무신 방 한쪽 구석에 앉아
당신 세계에서 이 몸이 할 일은 없습니다.
이 쓸모없는 생명이
하염없는 노래되어 흘러내릴 뿐

한밤중 어두운 법당에서
고요한 예배를 알리는 종소리 울릴 때
당신 앞에 서서 노래하게 하여 주소서.
오, 나의 주인이시여,
아침 대기 속에
황금의 가얏고 은은히 울리면
부디 당신 곁에 나를 있게 하소서.

16

이 세상 향연에 초대받았습니다.
그리고 이처럼 내 생명은 축복받았습니다.
내 눈은 이 세상 것을 보았고
내 귀는 이 세상 소리를 들었습니다.

이 향연에서 내가 맡은 일은
악기를 연주하는 것이었고
나는 정성을 다해 연주했습니다.

이제 내가 당신 계신 곳 찾아뵙고
당신께 침묵의 인사를 드릴 때가
마침내 오지 않았습니까?

17

나는 오직 이 한몸 당신 손에
바치게 될 사랑을 기다리고 있었습니다.
이것이 늦어진 까닭이며
또 이런 불찰을 범해 죄를 짓게 되었습니다.

사람들은 법이나 규칙을 가지고
밧줄로 이 몸을 꼭꼭 묶으려 하나
나는 늘 그것을 피하여 달아납니다.
나는 오직 이 몸을 당신의 손에 바치고자
사랑을 기다리고 있을 뿐입니다.

사람들은 이 몸을 욕하고 경솔하다 하나
그들의 꾸짖음은 당연한 것입니다.
장은 파하고
바쁜 일도 다 끝났습니다.
이 몸을 찾으러 왔다 헛걸음 친 자들은

노하여 돌아갔습니다.
나는 오직 이 몸을 당신의 손에 바치고자
사랑을 기다리고 있을 뿐입니다.

18

구름에 구름이 쌓이고
지금 하늘은 어둡습니다.
오오, 사랑하는 이여,
어이해 나를 밖에서 홀로 기다리게 하십니까?

일이 바쁜 낮 동안에는
나도 여러 사람들 속에 있으나
이 어둡고 외로운 날에
내가 기다리는 분은 오직 당신뿐입니다.

만일 당신의 얼굴 보이지 않는다면
또는 당신께서 전혀 나를 모른 척하신다면
이 비 내리는 긴긴 시간을
어찌 보내야 할지 모르겠습니다.

저 하늘의 멀고 먼 어둠을 바라보면
내 마음은 쉴 줄 모르는 바람과 더불어
흐느끼며 방황합니다.

19

만일 당신께서 아무 말씀도 하지 않으시면
나는
당신의 그 침묵으로 내 가슴을 채워
이를 견디며 살아갈 것입니다.
나는 별이 가득히 빛나는 밤처럼
참을성 있게 깊이 머리 숙여
조용히 기다릴 것입니다.

어둠이 사라지고
아침이 틀림없이 밝아 오면
당신의 음성은 황금의 물결을 이루어
넓은 하늘을 헤치며
강물 위로 쏟아져 내리겠지요.

그러면 당신의 말씀은
내 새 둥지 하나하나에서

노래의 날개를 달고 날아오를 것입니다.
또 당신의 멜로디는
내 숲의 나뭇가지마다에서
꽃으로 피어날 것입니다.

20

연꽃이 피었던 그날
아아, 내 마음은 헤매고 있어
나는 이를 알지 못했습니다.
내 바구니는 텅 비어 있었는데
그 꽃을 보지도 못했습니다.

때로 슬픔이 나를 찾아오면
나는 꿈속에서 화들짝 깨어
야릇한 향기의 하늬바람 속에서
감미로운 향기를 맡았습니다.

어렴풋한 그 감미로움은
내 가슴을 그리움으로 아프게 했고
한여름의 뜨거운 숨결은
그 절정에 오르려 하였습니다.

그 꽃이 그렇게 가까이 있으며
그것이 내 것이며
이 완벽한 감미로움이
내 마음속 깊은 곳에서 꽃 피어나고 있음을
나는 진정 알지 못했습니다.

21

나는 나의 배를 저어 떠나야겠습니다.
아아, 고달픈 시간이 기슭에서 헛되이 흘러갑니다.
나를 위하여!

봄은 꽃을 피우고 또다시 떠나갑니다.
지금 나는 빛 바랜 꽃을 등에 짊어지고
다시 기다리며 헤매고 있습니다.

파도는 요란하고 언덕 위 그늘진 오솔길에는
누렇게 마른 나뭇잎이 춤을 추며 떨어집니다.

그대는 어느 하늘을 바라보고 있나이까.
저편 기슭에서 흘러 오는 어렴풋한 노래가
바람 속을 헤매고 오는 전율을
그대는 느끼지 못합니까?

22

비 내리는
7월의 깊은 그늘 속을
당신께선 비밀스런 발걸음으로
사람들을 피하여 어두운 밤처럼
살며시 걷고 계십니다.

오늘은 아침 해가 눈을 감고
마파람 높은 소리로 외쳐도
못 들은 채
두툼한 베일이
항상 깨어 있는 푸른 하늘 위를
뒤덮고 있습니다.

숲 언저리엔 노랫소리도 들리지 않고
집집마다 문은 모두 닫혔습니다.
당신은 인적 없는 거리를 홀로 걷는

나그네십니다.
아, 오직 한 사람
내가 가장 사랑하는 분,
나의 단 한 분뿐인 벗이여,
내 집의 문은 다 열려 있사오니
꿈처럼 그냥 지나지 마시옵소서.

23

나의 벗이여,
이 폭풍 몰아치는 밤에도
당신은 사랑의 여행길로 떠나기 위해 밖에 계십니까?
하늘은 절망에 허덕이는 자와 같이 신음하고 있습니다.

나의 벗이여,
이 밤에 나는 잠들 수 없어
몇 번이고 문을 열어 어둠 속을 살핍니다.
허나 내 눈앞에는 아무 것도 보이지 않으니
당신은 지금 어느 길을 지나고 계신지 궁금합니다.

나의 벗이여,
어느 검푸른 강 어슴푸레한 기슭
어느 험준한 숲 먼 끝 언저리
어느 어둠 속, 길 모를 깊은 곳 지나
당신은 내게로 오는 길을 더듬고 계십니까?

24

날은 저물어 새소리 멈추고
바람도 지쳐 사위어 갈 때
깊은 어둠의 베일로 나를 감싸 주소서.
마치 당신께서 폭신한 잠의 이불로
대지를 감싸 주신 것처럼
혹은 저녁에 연꽃잎을 부드럽게 닫아 주신 것처럼.

그 여행이 채 끝나기도 전에
나그네의 쌀자루는 모두 비고 옷은 찢어져
흙먼지에 덮이어 기진하였습니다.
이 나그네 부끄러움과 빈곤에서 구원하여 주시고
당신의 포근한 밤으로 감싸 주신 꽃처럼
그의 생명 또한 새롭게 하소서.

25

피곤한 밤이면
모든 것 당신을 믿고 의탁하오며
허덕이지 않고 잠들게 하소서.

해이한 나의 영혼을
당신께 드릴 예배 위해
초라한 차림으로 재촉하지 않게 하소서.

당신께서는
낮의 피곤한 눈에
밤의 장막 내려 주시고
다시 눈떴을 때
더욱 새로운 기쁨 속에서
당신을 볼 수 있게 하십니다.

26

당신은 오시어 내 곁에 앉으셨건만
내 영혼은 깨어나지 못했습니다.
이는 얼마나 원망스런 잠이었는지
오, 불쌍한 이 몸이여!

당신은 고요히 잠든 때 오시어
가야금을 손에 들고 켜시니
내 꿈은 그 멜로디를 따라 더욱 깊어졌습니다.

아아, 슬프다!
이 몸은 어찌하여
나의 밤을 이토록 모두 잃었을까?
아아, 당신의 숨결로 내 잠을 어루만지시건만
어찌 이제껏 그 모습을 뵙지 못하는 것일까?

27

빛이여, 오 빛은 어디 있습니까?
타오르는 욕망의 빛으로 불 붙여 주소서!
등잔은 있지만 불꽃은 타오르지 않으니
이것이 당신의 운명입니까, 내 마음이여.
아아, 죽음이 당신에겐 훨씬 나을 것을!

고통이 당신의 문을 두드리고 말을 전합니다.
당신의 주인이 뜬눈으로 밤을 지새우며
고요한 밤 어둠을 뚫고
사랑의 밀회를 위하여
당신을 애타게 부르고 있음을!

하늘엔 구름이 가득 덮이고
비는 그칠 줄 모르고 내립니다.
나는 나를 휘젓고 있는 것이 무엇이며
또 그것이 무엇을 의미하는지 알지 못합니다.

한순간 번쩍인 번갯불은
내 눈앞을 더욱 어두워지게 하고
내 가슴은 밤의 음악이 어디서 날 부르는지
그 오솔길을 찾아 헤매입니다.

빛이여, 오 빛은 어디 있습니까?
타오르는 욕망의 빛으로 불 붙여 주소서!
천둥이 무섭게 치고
바람은 소리 치며 허공을 가릅니다.
밤은 까만 바위처럼 검습니다.
어둠 속에서 헛되이 시간 보내지 말게 하소서.
당신의 생명으로 사랑의 등불을 밝혀 주소서!

28

내게 씌운 멍에는 억세나
이를 끊으려 허덕일 때
이 내 마음은 괴롭습니다.
내가 바라는 것은 자유뿐이나
그것을 원함은 부끄러운 일입니다.

당신에게는
헤아릴 수 없이 무한한 보배가 가득하고
당신은 내 가장 가까운 친구임을 믿지만
내 방에 가득한 허울 좋은 값싼 물건들을
모두 쓸어 버릴 용기가 없습니다.

이 몸을 가린 홑옷은 먼지와 죽음의 베옷입니다.
나는 그것을 미워하건만
당신께선 끝내 사랑으로 어루만지십니다.

내가 걸머진 빚은 많고,

잘못은 큽니다.

부끄러움 역시 크고 무거우나

스스로의 선(善)을 찾아갈 때

나의 축원이 용납되지 못할까 두려워 떱니다.

29

내 이름으로 갇혀져 있는 그 분은
이 토굴 속에서 울고 있습니다.
나는 그 토굴 주위에
담을 둘러쌓기에 항상 바쁩니다.
그리하여 이 담이
매일 매일 하늘을 향해 높아짐에 따라
담의 어두운 그늘에 가려
내 참다운 존재를 잃어버립니다.

이 높은 담이 나에게는 자랑입니다.
내 명예를 걸어 흙과 모래로 벽을 바르고
어떤 작은 구멍도 뚫리지 않게 하렵니다.
이 부질없는 일에만 마음이 쏠려
나의 참된 존재는 찾을 수가 없습니다.

30

밀회를 위하여 나는 홀로 떠났습니다.
그런데 이 고요한 어둠 속에서
내 뒤를 따라오는 이가 누구란 말입니까?
그를 피하고자 비켜섰지만
도무지 피할 도리가 없습니다.
그가 뽐내고 걸어
땅에서는 흙먼지가 일어납니다.
그리고 내 말에 일일이
높은 소리로 대꾸합니다.

나의 주인이시여,
그는 바로 내 자신의 조그마한 자아(自我)이며
부끄러움을 모르는 파렴치한입니다.
나는 그와 함께
당신의 문 앞에 다다르기가 부끄럽습니다.

31

"죄인이여, 말하라.
그대를 가둔 자가 누구인가를!"
"나의 주인이십니다.
나의 재물과 권력이
이 세상 누구에게도 뒤지지 않을 것이라 생각하여
내 보고(寶庫)에는
임금께 바칠 헌금도 고이 간직해 두었습니다.
졸음의 나래가 나를 감싸 올 때
나는 당신을 위해 마련한 잠자리에 누웠습니다.
그러나 잠 깨어 눈떴을 때
나는 내 보고에 갇힌 죄수가 되었습니다."

"죄인이여, 내게 말하라.
이 끊을 수 없는 쇠사슬을 누가 만들었는지!"
"바로 나입니다.
내가 이 쇠사슬을 정성을 다해

공들여 만들었습니다.

누구에게도 굴하지 않는 내 힘으로

이 세상을 사로잡아 노예로 만들고

나만큼은 자유 속에서

내 맘대로 하리라 생각했습니다.

밤이고 낮이고 쉬지 않고 불을 피워

거리낌없이 쇠를 달구고 두드려

사슬을 만들었습니다.

이윽고 모든 쇠사슬이 단단히 이어지고 보니

이 몸이 그 쇠사슬에 묶여 잡히고 말았습니다."

32

이 세상에서 나를 사랑하는 사람들은
온갖 수단을 써서 나를 묶어 두려 하지만
당신은 그들의 사랑보다 더욱 크신 사랑으로
진정 자유롭게 나를 놓아 두십니다.

그들은 내가 저들을 잊을까 두려워
나를 홀로 두려 하지 않으나
당신은 오랜 세월이 흘러도
그 모습을 내 앞에 보이시지 않습니다.

내 기도 속에서 당신의 이름 부르지 않아도
내 마음속에 당신을 기억하지 않아도
나에 대한 당신의 사랑은
언제나 나의 사랑을 기다리고 계십니다.

33

날이 밝자 그들은 내 집에 와서 이렇게 말했습니다.
"우리는 여기서
가장 작은 방을 차지할 뿐입니다." 라고.

또 그들은 이렇게 말했습니다.
"우린 당신이 신께 올리는 예배를 돕고
신이 주신 은총 중에서 우리 몫으로 조금만 받겠습니다."
그리고 그들은 한 모퉁이에 자리를 잡고
조용하고 겸손하게 앉아 있었습니다.

그러나 밤이 되자 그들은
내 성스러운 신전에 마구 들어와
신의 제단에서 제물들을 강탈해 갔습니다.

34

당신이 나의 전부라 말할 수 있도록
나의 것을 조금만 남겨 주십시오.
내 뜻을 조금만 남겨 주십시오.
어느 곳을 보아도 당신을 느끼고
어떤 것에서도 당신을 느끼며
어느 곳에서도 당신 가까이에 이르고
어느 때이고 나의 사랑을
모두 당신께 바칠 수 있게 하여 주십시오.

내 스스로를 조금만 남겨 주십시오.
그것으로 당신을 가리지는 않겠습니다.

나의 사슬도 조금만 남겨 주십시오.
그것으로도 당신을 가리지는 않겠습니다.

당신의 의지에 묶여

당신의 뜻이 내 생명 가운데 실현되도록
나의 사슬도 조금만 남겨 주십시오.
그것이 바로 당신의 사랑의 족쇄입니다.

35

두려움 없이 머리를 높이 치켜들 수 있는 곳
지식이 자유로울 수 있는 곳
좁디 좁은 장벽으로 세계가 조각조각 나누어지지 않은 곳
말씀이 진리의 바닥에서 나오는 곳
지칠 줄 모르는 노력이 완성을 향하여 팔 벌리는 곳
이성의 맑은 물줄기가
무의미한 관습의 메마른 사막에서도 길을 잃지 않는 곳
님이 이끄시는 대로 마음과 생각과 행동이 더욱 발전하는 곳
그런 자유의 천국으로
나의 조국이 잠 깨게 하소서, 님이시여!

36

오오, 나의 님이시여,
이는 당신께 드리는 나의 축원입니다.
내 가슴속에 박혀 있는 가난의 뿌리를 살펴 주시옵소서.

기쁨과 슬픔을 견딜 수 있는
힘을 내게 주소서.
이 몸의 사랑이 당신을 섬기는 데서
풍요롭게 열매 맺도록 내게 힘을 주소서.

결코 가난한 자를 멀리하거나
오만한 권력 앞에 무릎 꿇는 일이 없도록
내게 힘을 주소서.
일상의 덧없는 영위에 내 마음 상하지 않게 하소서.
그리고 사랑하는 님의 뜻에 순종할 수 있는
힘을 내게 주소서.

37

나의 여행길이 이제 내 능력의 마지막 한계인
끝에 이르렀다고 생각했습니다.
가는 곳마다 앞길이 막히고 양식은 떨어져
남이 알 수 없는 조용한 곳에
몸을 피할 때가 왔다고 생각했습니다.

그러나 당신의 뜻은
이 몸에 무한히 살아 있음을 깨닫게 하셨고
낡은 말들이 입술에서 사라지자
새로운 음률이 가슴속에서 솟아났습니다.
또 옛 길 아득히 스러져 갈 때
새로운 나라가 기적으로 나타났습니다.

38

내 당신만 원하옴을
오직 당신만 원하옴을!
이처럼 마음은 끝없이 되풀이하고 싶을 뿐
밤이나 낮이나 이 몸을 괴롭히는 온갖 욕망은
진정 어느 것이나 헛되고도 거짓일 뿐입니다.

밤의 어둠 속에 감춰져 있는 빛에 대한 애원은
내 몸의 깊고 깊은 무의식의 바닥 속에서
고함을 울립니다.
"내 당신만 원하옴을
오직 당신만 원하옴을!"

폭풍이
있는 힘을 다하여 적막을 무찌를 때에도
폭풍은 역시 적막함을 지향하여 가듯이
나의 반란도 당신의 사랑을 향해 공격하나

그 외치는 소리는 다만
"내 당신만 원하옴을,
오직 당신만 원하옴을!"

39

이 마음 메말랐을 때
자비의 비 내리게 하소서.
이 생명 우아함을 잃었을 때
노랫소리 높이 울리며 오소서.

어지러운 일이 사방에 분주하여
나를 묶어 놓았을 때
내 고요의 주인이시여,
평화와 안식을 동반하고 오소서.

구걸하는 내 마음이
한 구석에 갇혀 쪼그려 앉을 때
나의 왕이시여,
문을 열고 제왕의 예모를 갖추고 오소서.

환상과 굴욕으로

욕망이 마음의 눈을 가릴 때면

오, 나의 성스러운 분이시여,

언제나 눈뜨고 계신 이여,

그대 빛과 우뢰를 동반하고 오소서.

40

나의 님이시여,
메마른 이 가슴속에
날이면 날마다 비는 내리지 않고
수평선은 헐벗어 맨살을 드러내 보입니다.
물기 어린 얇디 얇은 구름은
흔적조차 보이지 않고
아득히 먼 곳이나마
소나기 쏟아지는 기미조차 없습니다.

만일 이것이 당신의 뜻이라면
죽음으로 뒤덮인 캄캄하고 성난 폭풍우 보내시고
번갯불 비추어 하늘 끝까지
온통 놀라게 하옵소서.

그러나 님이시여,
이 충만한 열기 불러 돌이켜 주옵소서.

비참한 절망으로 이 가슴 태우는
잔잔하고, 날카롭고, 잔인한 열기를
자비의 구름으로 내려 주옵소서.
아버지께서 노하시던 날
눈물 어린 어머니의 얼굴처럼
위로부터 내리 굽게 하옵소서.

41

내 사랑하는 님이시여,
당신은 지금
어느 그늘 속에 숨어 계십니까?
사람들은 먼지 쌓인 길에서
당신을 밀치고 지나치며
거들떠보지도 않고 모른 체 지나칩니다.

나는 당신께 드릴 선물을 받쳐 들고
지치고 피곤함이 쌓여 힘들어도
여기서 당신이 오시기를 기다립니다.
그 동안 지나는 사람들이 하나씩 내 꽃을 따가
어느새 내 꽃바구니는 텅 비고 말았습니다.

아침이 지나고 한낮이 되고
또다시 다가온 저녁 그림자 속에서
내 두 눈은 잠으로 가득합니다.

집으로 돌아가는 사람들이
나를 보고 웃으며 나에게 부끄러움을 안겨 줍니다.
나는 구걸하는 아이처럼 앉아서
옷자락을 걷어 올려 얼굴을 가립니다.
그리고 그들이 내게 원하는 것이 무엇이냐 물으면
나는 두 눈을 감은 채 아무 대답도 하지 않습니다.

오, 내 기다리는 님이시여,
꼭 오신다는 당신의 약속을
내 어찌 그들에게 말할 수 있겠습니까.
이 가난함이 바로 혼수인 것을
어찌 부끄러이 말할 수 있겠습니까.
아아, 나는 이 자랑스러움을
내 가슴속 비밀로 간직할 뿐입니다.

나는 풀밭에 앉아 하늘을 보며

갑작스레 당신의 모습 보이실 때의

눈부신 광경을 꿈꿉니다.

온갖 광채로 빛을 뿜으며

당신의 수레는 황금 깃발을 펄럭입니다.

길가의 사람들은

당신이 자리에서 내려오서서

흙먼지 속의 나를 안아 일으켜 세우니

깜짝 놀라 엉거주춤 서서 바라봅니다.

여름 미풍 속의 덩굴처럼

부끄러움과 자랑스러움에 몸을 떠는

이 남루한 거지 아이는

당신 앞에 앉혀집니다.

그러나 시간은 지나가고

당신의 수레바퀴 소리는 아직 들리지 않습니다.

수많은 행렬이 소란스럽게 떠들며
화려하고 영광되게 지나갑니다.

오직 당신만이 조용히
그들 뒤 그늘에 숨어 계십니까.
그리고 오로지 나만이 헛된 바람 속에서
눈물 흘리고 가슴 조이며 기다려야 합니까.

42

이른 새벽
당신과 단둘이 작은 배타고 떠나야겠다고
속삭이는 소리 들려옵니다.
이 세상 누구도 우리가 가는 끝없고 정처 없는
순례를 아는 이 없습니다.

기슭조차 보이지 않는 먼 바다 한가운데서
당신께서 조용히 미소지으며 귀기울이시면
나의 노래는 물결처럼 자유롭게
말의 구속도 받지 않고
풍요로운 선율로 부풀어오를 것입니다.

시간이 아직 오지 않았는지요?
아직도 할 일이 남아 있습니까?
어느새 밤의 장막은 기슭을 향해 내려오고
스러져 가는 석양빛을 받아 안고

물새들은 보금자리로 날아 돌아갑니다.
언제 이 사슬 풀어져
지는 해의 마지막 한줄기 빛처럼
이 작은 배
밤의 어둠 속으로 사라져 가겠습니까?

43

그날은
당신을 맞기 위한 준비가 없었습니다.
나의 왕이시여,
당신은 초대받지 않았어도
알지 못하는 흔한 무리 속에 끼여들고
어느새 내 가슴속에도 들어오셔서
서둘러 날아가는 내 인생의 순간 순간에
영원의 도장을 찍고 가십니다.

그리고 오늘 우연히도
당신의 서명을 보았습니다.
그것은 흙먼지 속에 산산이 흩어져
잊고 있던 덧없는 세월의
기쁨과 슬픔의 추억에 뒤섞여 있었습니다.

당신은 먼지투성이가 되어 버린

나의 유치한 장난을 보시고도
비웃으시거나 돌아서지 않으셨습니다.
이 몸이 유희실에서 들은 발자국 소리는
이 별에서 저 별로 메아리 치는
발자국 소리와 꼭 같았습니다.

44

그림자가 빛의 뒤를 따르고
여름을 뒤따라 비가 내리는 길가에서
선 채로 기다리며 지켜보는 것이
나의 커다란 기쁨입니다.
사자(使者)들이
알 수 없는 미지의 하늘에서 소식을 가져 오고는
내게 인사하고 서둘러 길을 떠납니다.
내 마음은 속속들이 기쁨에 차 있고
산들바람의 숨소리는 싱그럽습니다.

동트는 새벽부터 땅거미 지는 저녁 늦게까지
나는 여기 문 앞에 앉아 있습니다.
불현듯 행복의 순간이 찾아와
만날 수 있으리라 믿고 있습니다.

그러는 동안 이 몸은

홀로 미소 지으며 노래 부를 것입니다.

그러는 동안에도

하늘은 약속의 향기로 가득할 것입니다.

45

님의 조용한 발자국 소리를 듣지 못했습니까?
오소서, 아무 때고 오시옵소서.
어느 순간, 어느 시대 가리지 마시고
밤이나 낮이나 오소서.
오소서, 아무 때고 오시옵소서.

나는 수많은 노래를
숱한 느낌에 따라 불렀으나
그 노래의 음률이 언제나 부르짖었던 것은
"오소서, 아무 때고 오시옵소서."

햇살 따뜻한 4월의 향기롭고 맑은 날엔
숲 속 오솔길로 오소서.
오소서, 아무 때고 오시옵소서.
비 내리는 7월 밤 어둠 속엔
천둥 번개 치는 구름마차 타고

오소서, 아무 때고 오시옵소서.
슬픔이 잇달아 올 때
내 가슴을 밟고 오는 것은 님의 발자국 소리.
내 기쁨을 더욱 설레게 만드는 것도
님의 발이 밟는 황금의 촉감입니다.

46

얼마나 먼 옛날부터 당신이 내게 오셨는지
나는 알 길이 없습니다.
당신의 태양과 별은 언제까지나
나 모르게 님을 가리어 둘 수는 없을 것입니다.

수많은 아침과 저녁에
당신의 발자국 소리가 들려옵니다.
당신의 사자(使者)는 내 마음속 깊이 찾아와
은밀히 나를 부릅니다.

오늘은 어찌하여 내 생명이 이다지도 흥분하는지,
떨리는 기쁨이 내 마음속을 스쳐 갑니다.
이제는 모든 일을 마무리 질 때
당신의 아리따운 향기 은은하게 풍겨 오는 듯합니다.

47

헛되이 당신 기다리다가
밤이 다 가고 말았습니다.
아침이 되어 지쳐서 곤히 잠들었을 즈음
혹시나 님께서
내 문 앞에 오실까 걱정스럽습니다.
오, 벗들이여,
님이 오시도록 길을 막지 말아요.

님의 발자국 소리에
내 행여 잠 깨지 못하더라도
부디 나를 깨우지 마옵소서.
지저귀는 새들의 시끄러운 소리나
아침 햇살의 향연에 취해
몰아치는 바람 소리로는
눈뜨고 싶지 않습니다.
그러니 설사 당신께서

갑자기 내 집 문 앞에 오신다 해도
나를 그대로 잠자게 하소서.

아아, 나의 잠이여,
소중한 잠이여,
이 잠도 님의 손길 닿으면 바로 스러질 것을!
아아, 내 감은 눈은
잠의 어둠에서 나타나는 꿈과도 같이
님께서 내 앞에 설 때,
님의 미소의 빛에서만 눈시울을 여나니!

님이여,
온갖 빛, 온갖 형상보다도 먼저
내 앞에 나타나 주소서.
내 영혼 눈뜰 때 님의 모습 뵈옵고
최초의 기쁨에 감동케 하시고

내 자신에게로 되돌아감이
곧 님께로 되돌아감이 되게 하소서.

48

침묵의 아침 바다는
새들 지저귀는 소리에 부서져 잔물결이 되고
길가의 꽃들은 모두 즐겁습니다.
구름 틈새로 황금의 보화가 흩어져 내렸어도
우리는 갈 길 분주하여 부지런히 걷는 동안
아무 것도 눈여겨보지 않았습니다.
우리는 즐거운 노래도 부르지 않았고
재미있는 놀이도 하지 않았습니다.
우리는 물건을 사고 팔기 위해
마을로 나가지도 않았습니다.
우리는 아무 말도 하지 않았고
조금도 웃지 않았습니다.
한눈 팔며 머뭇거리지도 않았고
시간이 지남에 따라
우리는 더욱더 걸음을 재촉했습니다.

해는 중천에 떠오르고
비둘기는 그늘에서 구구 대며 울었습니다.
목동은 보리수 그늘에서 졸며 꿈을 꾸었고
나는 물가에 앉아 풀밭 위에
내 피로한 다리를 뻗었습니다.

내 동행들은 경멸의 눈빛으로 나를 비웃었습니다.
그들은 머리를 꼿꼿이 세우고 서둘러 갔습니다.
결코 뒤돌아보지도, 쉬지도 않으며
멀리 푸른 안개 속으로 사라져 갔습니다.
그들은 숱한 초원과 언덕을 넘어
낯선 먼 나라들을 지나쳐 갔습니다.
이 모든 영광은 끝없는 길의 영웅적 용사들인
그대들의 것입니다.
조롱과 비난이 날 일으켜 세우려 했지만
나에게선 아무 반응도 나오지 않았습니다.

나는 흐릿한 쾌감의 그늘 속에서
즐거운 굴욕의 밑바닥으로
온통 내 자신을 던져 버렸습니다.

태양을 수놓은 초록빛 어둠의 안식이
조금씩 내 가슴 위로 퍼져 옵니다.
나는 내 여행의 목적도 잊어버리고
내 마음 아무런 저항 없이
그늘과 노래의 미로에 내 마음을 맡겼습니다.

마침내 내가 단잠에서 깨어 눈을 떴을 때
나는 내 곁에 서서 미소로 내 단잠을 감싸 주시는
당신을 보았습니다.
그 길이 멀고도 힘겨워
당신께 이르는 싸움이 고통스러움을
내 얼마나 두려워했는지 정녕 몰랐습니다.

49

당신은 왕좌에서 내려오시어
내 초라한 오두막집 문 앞에 서 계셨습니다.
이 몸은 구석에서 홀로 노래하고 있었습니다.
그 멜로디가 당신 귀에 닿아 이리로 이끌었습니다.
당신은 내려오시어
내 초라한 오두막집 문 앞에 서 계셨습니다.

당신의 객실에는 어른들이 많이 계셔서
때를 가리지 않고 줄곧 노래가 흘러 나왔습니다.
하지만 이 풋내기의 소박한 찬가가
당신의 사랑을 감동케 했습니다.
이 보잘것없이 애처로운 한 가닥 선율이
세상의 위대한 음악과 섞이고
당신은 상(賞)으로 한 송이 꽃을 드시고
내 초라한 오두막집 문 앞에 서셨습니다.

50

나는 이 집 저 집 구걸하며
가난한 마을 길로 나섰습니다.
때마침 당신의 황금 수레가
멀리서 마치 황홀한 꿈처럼
그 눈부신 모습을 나타냈습니다.
그래서 왕 중의 왕은 누구실까 다시 생각했습니다.

내 희망은 높아지고
이제 내 불운한 세월은 끝났다고 생각했습니다.
구걸하지 않아도 베풀어 주실 것이라 믿었고
사방 흙먼지 속에 보화가 뿌려질 것이라 기대하며
나는 서 있었습니다.

내가 서 있는 곳에 수레가 멈추었습니다.
당신은 나를 바라보며 빙그레 웃으면서 내려오십니다.
드디어 내 생애의 행복이 찾아온 듯하였습니다.

그때, 당신은 갑자기 오른손을 내미시며 이렇게 물으셨습니다.

"내게 무엇을 주려 하는가?"

오, 거지에게 구걸하며 손을 내미시다니
너무나 심한 장난이 아니셨는지.
나는 어리둥절하여 어찌할 바 몰랐으나
때문은 자루 속에서 작은 밀 한 톨을 꺼내
당신께 드렸습니다.
그러나 날이 저물어
마룻바닥에 자루 속의 것을 모두 쏟아
초라한 무더기 속에서
아주 작은 금구슬 한 알을 발견했을 때
나의 놀라움은 얼마나 컸는지
나는 끝내 소리 내어 울었습니다.
나는 애타게 울며

내 가진 것 남김없이

당신께 모두 드리지 못했음을 안타까워했습니다.

51

밤이 되어 날이 어두워졌습니다.
하루의 일과는 끝이 났고
마지막 손님도 이미 도착하여
마을의 집들은 모두 문을 닫았습니다.
다만 누군가가
'우리의 왕이 오실 것' 이라고 말했습니다
그러나 '그럴 리 없다' 며 모두 웃었습니다.

누군가 문을 두드리는 것 같았으나
우린 그것이 바람 소리일 뿐이라고 말했습니다.
등불을 끄고 잠자리에 누웠을 때
다만 누군가가
'저것은 전령의 소리요' 라고 말했습니다.
그러나 우리는 또다시 '그건 바람 소리일 뿐'
이라며 웃어 넘겨 버렸습니다.

한밤중에 무슨 소리가 들려왔습니다.
우리는 잠 속에서 그것이
먼 천둥 소리라고 생각했습니다.
땅이 움직이고, 벽이 흔들려
우린 잠을 이룰 수가 없었습니다.
다만 누군가가 '그건 바퀴 소리' 라고 말했습니다.
우리는 잠결에 '아니, 그건 천둥 소리' 일 거라고
볼멘소리로 중얼거렸습니다.

북소리가 울렸을 때 밤은 여전히 어두웠습니다.
"일어나라, 머뭇거리지 말고."
누군가 소리쳤습니다.
우리는 두 손으로 가슴을 싸안고
공포에 몸을 떨었습니다.
"보라! 저것은 왕의 깃발이다."
누군가 또 소리쳤습니다.

"이제 더 머뭇거릴 시간이 없다."
우리는 벌떡 일어나 외쳤습니다.

왕이 오셨습니다.
그런데 등불은 어디 있고
꽃다발은 어디에 있는가.
왕을 모실 왕좌는 또 어디에 있는가.
오, 진정 부끄러워라.
모실 방은 어디 있으며
장식품들은 어디에 있단 말인가.
어떤 사람이 말했습니다.
"이렇게 울어도 소용없는 일.
빈손으로 맞이하여
텅 빈 방에 모실 수밖에!"

문을 열어라!

그리고 커다란 소라 나팔을 불어라!

깊은 밤,

우리들의 우울하고 어두운 집에 왕이 오셨습니다.

천둥이 우르릉거리며 하늘을 흔들고

어둠은 번개에 몸을 떱니다.

너덜거리는 당신의 자리라도 앞마당에 펴십시오.

폭풍과 함께

두려운 밤의 제왕이 오셨습니다.

52

당신 목에 두른 장미꽃 목걸이가 탐나
내게 주십사 청하고 싶었으나
입 밖에 내지는 못했습니다.
그리하여 당신께서 떠나실 아침을 기다리며
주무시던 침대 위에서
떨어진 꽃잎 몇 장이나마 찾고자 했습니다.
날이 밝기도 전에 나는 구걸이라도 하듯
한두 잎 떨어졌을 꽃잎을 찾아보았습니다.

아아, 내가 찾는 것은 무엇이며
당신께서 두고 가신 사랑의 정표는 무엇입니까?
이는 꽃도 아니고 향료도 아니며
향유가 담긴 병도 아닙니다.
그것은 불꽃처럼 번뜩이고
벼락처럼 섬뜩한
당신의 커다란 칼이었습니다.

싱그러운 아침 햇살이 창문으로 비쳐 들어
당신께서 쉬고 가신 침상 위에 쏟아집니다.
아침 새들이 지저귀며 물었습니다.
"여인이여, 무엇을 얻으셨나요?"
그러나 꽃도 아니고 향료도 아니고
향유가 담긴 병도 아니었습니다.
그것은 무서운 칼이었습니다.

당신이 주신 이 선물은 과연 무엇인지
나는 주저앉아 생각에 잠겼습니다.
이것을 어디다 감추어야 할지 알 길이 없습니다.
약하디 약한 내가 부끄러워
어찌 그 칼을 몸에 찰 수 있겠습니까.
또 그 칼을 가슴에 안으면
상처 입을 것을 나는 압니다.
그러나 당신의 이 선물을

이 무거운 고통의 멍에를

내 가슴에 품을 수밖에 없습니다.

이제부터는 이 세상에

나에게 닥쳐올 두려움이란 다시없을 것입니다.

내 모든 고통 속에서도 당신께서 승자가 될 것이기에!

당신은 내 벗으로서 죽음을 남겨 놓으셨사오니

내 생명의 왕관으로 죽음을 장식하렵니다.

당신의 칼로 내 멍에를 끊기 위하여

이 몸에 지니고 있으니

이제 무엇이 더 두렵겠습니까.

이제 온갖 사소한 치장 따위는 떼어버리겠습니다.

내 마음의 주인이시여,

다시는 구석에 숨어 기다리거나 울지 않겠습니다.

다시는 내 행동에 대해 부끄러워하거나 주저하지 않겠습니다.

당신은 장식으로서 당신의 칼을 내게 맡기셨으니
다시는 인형 같은 장난감을 필요로 하지 않겠습니다.

53

당신의 팔찌는 너무나도 아름답습니다.
별을 뿌리고 일만 빛깔의 보석을 박아 만드셨으니!
그러나 내게 더욱 아름다운 것은
비슈누 신(神)을 태운 새가
붉은 황혼 속에서 유연히 나래 펼친 듯한
번개 무늬 새겨진 당신의 칼입니다.
죽음의 마지막 일격을 당하고
고통의 황홀한 경지에서
생명의 마지막 전율을 보이듯이
당신의 칼은 떨고 있습니다.
한줄기 강렬한 빛으로
속세의 감각을 태워 버리는 순수한 불꽃처럼
당신의 칼은 찬란하게 빛납니다.

빛나는 별의 보석으로 수놓은
당신의 팔찌는 아름답습니다.

그러나 오오, 천둥의 주인이시여,
당신의 칼은 보기에도 두렵고
생각하는 것조차 몸서리쳐지는
지고(至高)의 아름다움으로 빚어졌음을
믿어 의심치 않습니다.

54

나는 당신께 아무 것도 청하지 않았습니다.
당신의 귀에 내 이름조차 속삭이지 않았습니다.
당신께서 이별을 고하실 때
나는 그저 말없이 서 있었습니다.
나무 그늘 비스듬히 기울어 있는 우물가에
홀로 서 있을 따름이었습니다.
질항아리 가득히 물을 길어 돌아가던 여인들이
내게 외쳤습니다.
"우리를 따라 오십시오. 아침이 지나고 곧 한낮이 됩니다."
하지만 나는 흐릿한 명상에 빠져
한동안 벗어나지 못했습니다.

당신이 오셨을 때
나는 그 발소리를 듣지 못하였습니다.
당신이 나를 보았을 때
그 눈은 슬픔에 차 있었습니다.

당신은 피곤하고 낮은 음성으로 말씀하셨습니다.
"아아, 나는 목마른 나그네로다."

한낮의 꿈[白日夢]에서 놀라 일어나며
당신이 내미신 양손에 내 항아리의 물을 부었습니다.
나뭇잎은 머리 위에서 바삭거리고
어느 그늘에선가 뻐꾸기가 노래 부르며
바브라꽃 향기는 굽이진 길을 돌아 풍겨 왔습니다.

당신께서 내게 이름을 물으셨을 때
나는 부끄러워 아무 말도 하지 못하고 서 있었습니다.
진실로 나는 당신이 기억하실 만한
무슨 일을 했는지 모르겠습니다.
당신께 마실 물을 올려 목을 축여 드린 추억만이
가슴에 남아 내 마음을 부드럽게 감싸 줍니다.
아침이 곧 지나면

새들은 졸리운 음률로 노래하고
니임나무 잎은 머리 위에서 바삭거립니다.
그리고 나는 앉아서 깊은 생각에 잠깁니다.

55

네 마음엔 우울함이 가득하고
눈에는 아직 졸음이 남아 있구나.
가시 덩굴 사이에
참으로 아름다운 꽃이 피어 있다는 이야기를
너는 아직 듣지 못했는가?
깨어라 오오, 깨어나거라.
시간을 덧없이 보내지 말라.

자갈길이 끝나는 곳.
순결하고 쓸쓸한 시골에
하나밖에 없는 내 친구가 혼자 있으니
그를 배반하지 말라.
깨어나라 오오, 깨어나거라.
하늘이 한낮 뜨거운 햇살의 열을 받아
허덕인들 어떠리.
불타는 모래가

갈증의 옷자락을 펄럭이면 어떠리.
네 마음 깊은 곳에 기쁨이란 없는가.
네가 걷는 발자국 하나하나마다 가야금 되어
감미롭고 아리따운 영탄조의 가락을 켜지 않는가.

56

이처럼 나는 당신의 기쁨으로 가득 차 있습니다.
당신은 내게로 오셨습니다.
오오, 하늘의 주인이시여,
만일 이 몸이 아니라면
당신의 사랑은 어디에 주실 겁니까?

당신께선 나를
온갖 보화의 반려로 택하셨습니다.
내 가슴속에는
당신의 기쁨의 무한한 놀이가 있습니다.
내 생명 속에는
당신의 의지가 끝없이 뿌리 내리고 있습니다.

그리고 이 때문에 왕 중의 왕이신 당신은
내 마음을 사로잡고자
당신을 아름답게 꾸미셨습니다.

당신의 사랑은
사랑하는 애인의 사랑 속에 자취를 감추시고
두 사람의 완전한 결합 속에서
비로소 당신의 모습 보입니다.

57

빛이여,
나의 빛이여,
이 세상 가득히 채우는 빛이여,
눈에 입맞춤하는 빛이여,
마음 평화로운 빛이여!

아아, 나의 사랑이여,
빛은 내 생명 속에서 춤추고 있습니다.
나의 사랑이여,
빛은 내 사랑의 가야금을 울리고 있습니다.
하늘은 개이고 바람은 거세게 불며
웃음소리는 대지를 스쳐 지나갑니다.

나비들은 빛의 바다에 돛을 펴고
백합과 자스민은 빛의 물결 위에서 부풀어오릅니다.

나의 사랑이여,
빛은 온갖 구름 위에 황금으로 뿌려지고
수많은 보석을 산산이 흩어 놓았습니다.

오, 나의 사랑이여!
나뭇잎은 웃음 속에 사운거리며 즐겁고
하늘의 강은 둑을 휩쓸며
기쁨의 홍수로 넘칩니다.

58

기쁨의 곡조를 모두
내 마지막 노래 속에 담으렵니다.
기쁨은 대지에 넘치고
풀숲은 멋대로 수런거립니다.

그 기쁨에 죽음과 삶의 쌍둥이는
넓은 세상 곳곳을 춤추며 돌고
기쁨의 폭풍이 일면
웃음소리로 온갖 생명을 흔들어 깨웁니다.
기쁨은 다시 눈물을 머금으며
고통으로 열린 붉은 연꽃 위에 조용히 앉습니다.
그리고 기쁨은 온갖 것 모두 먼지 속에 던져 버리고
아무 말도 하지 않습니다.

59

예, 나는 알고 있습니다
이것이 바로 당신의 사랑인 것을.
오오, 내 마음의 사랑이여,
나뭇잎마다에서 춤추는 이 황금의 빛
하늘을 노저어 가는 느리고 근심스런 구름
내 이마에 서늘함을 남기고 지나가는 산들바람.

아침 햇빛이 내 눈 가득히 넘칩니다.
이는 내 마음에 보내시는 당신의 전갈입니다.
당신의 얼굴은 높은 곳에서 굽어보이고
당신의 눈은 나를 내려다보십니다.
그리고 내 마음은 당신의 발을 어루만집니다.

60

끝없는 세계의 바닷가에 아이들이 모입니다.
머리 위엔 끝없는 하늘이 꿈쩍도 하지 않고
바다는 쉴 새 없이 일렁이고 있습니다.
끝없는 세상의 바닷가에
아이들이 모여 떠들고 춤을 춥니다.

아이들은 모래로 집을 짓고
조개 껍질로 놀이를 합니다.
마른 잎으로는 작은 배를 만들어
생글거리며 넓고 깊은 바다에 띄웁니다.
아이들은 세계의 바닷가에서 놀고 있습니다.

아이들은 수영도 하지 않습니다.
그물을 던질 줄도 모릅니다.
진주 따는 어부는 진주를 찾아 바다 속을 누비고
상인들은 배를 타고 항해를 하지만

아이들은 작은 돌을 모았다가 또 버리곤 합니다.
아이들은 숨겨진 보물을 찾지도 않으며
바다는 웃으며 큰 파도를 일으키고
바닷가의 미소는 파랗게 빛이 납니다.
죽음을 가져 오는 파도는 별 의미없는 이야기를
요람에서 아기를 잠재우는 어머니처럼
아이들에게 노래로 들려줍니다.
바다는 아이들과 같이 놀고
바닷가의 미소는 파랗게 빛이 납니다.

끝없는 세계의 바닷가에 아이들이 모입니다.
갈 길 모르는 폭풍은 하늘에서 방황하고
배는 알 길 없는 바다에 가라앉고
죽음은 날뛰어도
아이들은 놀고 있습니다.
끝없는 세계의 바닷가에

아이들이 가득 모여 있습니다.

61

갓난아기 눈에 가득 담긴 잠
그 잠이 어디에서 오는지 아십니까?
반딧불 어렴풋이 반짝이는 숲 속 그늘
그곳엔 옛이야기 속의 나라가 있어
마법으로 피운 두 송이 꽃이
수줍게 흔들리고
아기의 잠은 거기 살고 있으며
그곳에서 찾아온 잠이
아기 눈에 입맞춤한다는 소문이 있답니다.

아기가 잠잘 때 그 입술에 아른거리는 미소
그것은 어디서 온 것인지 아십니까?
초승달의 신선한 푸른 빛이
금방 꺼질 듯한 가을 구름 밑에 닿아서
이슬에 젖은 아침 꿈속에
처음으로 미소가 태어나고

아기가 잠잘 때 입술에 아른거리는 미소는
바로 그것이라는 소문이 있답니다.

아기 손발에 빛나는
달콤하고 부드러운 신선함
그것은 원래 어디에 숨어 있었는지 아십니까?
그래요, 아기 손발에 빛나는
달콤하고 부드러운 신선함은
엄마가 젊은 처녀였을 때
부드럽고 고요한 사랑의 신비로
가슴에 가득 차 있던 것이랍니다.

62

내 아들아!
내가 너에게 여러 색깔의 장난감을 가져다 주었을 때
물이나 구름에도 그런 색깔의 유희가 있음을
또 꽃들이 갖가지 색으로 물들여져 있음을
나는 알았단다, 내 아들아.
내가 너에게 여러 색깔의 장난감을 가져다 주었을 때.

내가 노래를 불러 너를 춤추게 할 때
나뭇잎 사이에 음악이 있음을,
또 물결이 온갖 소리로 합창을 보내 와
귀기울이는 대지의 심장에 닿게 함을
나는 정말 알겠구나.
내가 노래를 불러 너를 춤추게 할 때.

내 달콤한 것을 갖고 싶어하는
네 손에 그것을 쥐어 줄 때

꽃 속에 꿀이 있음을,
또 과실에 단물이 은밀하게 채워져 있음을
나는 정말 알겠구나.
갖고 싶어하는 네 손에 그것을 쥐어 줄 때.

사랑스런 내 아들아!
네 얼굴에 입맞춤하여 너 미소 지을 때
아침 햇살 받아
하늘에서 흘러내리는 즐거움이 어떤 것인가를,
나는 똑똑히 알겠구나.
내가 네 얼굴에 입맞춤하여 너 미소 지을 때.

63

당신은 내가 알지 못했던 친구를 알게 하셨고
내 집이 아닌 곳에서 나를 살게 하셨습니다.
당신은 멀리 있는 것을 가까이 가져 오시고
낯선 사람을 형제로 삼으셨습니다.

나는 정든 집을 떠나야 할 때
가슴이 몹시 불안하였습니다.
새 것에도 옛 것이 함께 한다는 것을 잊었습니다.
거기 또한 당신이 사시는 것도 잊었습니다.

이승과 저승의 생과 사를 통해
나를 어디로 끌어 가시든
언제나 기쁨의 인연으로
내 마음을 낯선 자에게 맺어 주시는 당신은
내 끝없는 인생의 영원히 변치 않는
단 한 분의 반려이십니다.

당신을 알게 되면서 낯선 사람도 없고
닫혀진 문도 없습니다.
오오, 나의 축원을 허락하소서.
하찮은 많은 일에 빠져서 단 한 분인 그분과의 만남을
놓치는 일이 결코 없게 하소서.

64

잡초 무성한 쓸쓸한 강기슭에서
나는 한 소녀에게 물었습니다.
"소녀여,
초록 윗도리로 등불을 가리고 어디로 가십니까?
내 집은 어둡고 쓸쓸하니
당신의 등잔을 빌려 주십시오."
소녀는 검은 눈을 들어 어둠 속에서
나를 올려다보며 말했습니다.
"날이 저물어 석양이 질 무렵
등불을 흘려 보내려고
이곳, 강기슭에 온 것이랍니다."
나는 무성한 풀밭에 혼자 서서
그녀 등잔의 흐릿한 불꽃이
물결에 무심히 흘러감을 바라보았습니다.

밤의 침묵 속에서

나는 다시 소녀에게 물었습니다.

"소녀여,

당신의 등잔에 불이 모두 켜졌습니다.

그런데 당신은 그 등잔을 들고 어디로 가십니까?

내 집은 어둡고 쓸쓸하니

당신의 등잔을 빌려 주십시오."

소녀는 잠시 머뭇거리며

검은 눈망울로 어둠을 뚫고

나를 바라보며 말했습니다.

"저는 등불을 하늘에 바치고자 왔습니다."

나는 그 자리에 서서

무심히 타오르는 등불을

한없이 지켜보았습니다.

달도 없는 한밤의 어둠 속

나는 또다시 소녀에게 물었습니다.

"소녀여,
등잔을 높이 받쳐 들고
당신이 비는 소원은 무엇입니까?
내 집은 어둡고 외로우니
당신의 등잔을 빌려 주십시오."
그녀는 잠시 서서 생각하더니
어둠 속에서 내 얼굴을 바라보며 말했습니다.
"저는 제등 행사에 참석하려고
등잔을 가져 온 것이랍니다."
나는 서서
무수한 등잔 속에 섞여
하염없이 멀어져 가는 작은 등불을
조용히 바라보았습니다.

65

나의 신이여,
내 생명이 넘쳐흐르는 잔으로부터
당신은 어떤 신의 술을 마시옵니까?
나의 시인이여,
내 눈을 통해 당신의 창조물을 엿보시고
당신 스스로의 영원한 조화를 듣고자
조용히 내 귓가에 서시는 것이
당신의 기쁨입니다.

당신은 내 마음속에
말의 비단을 짜고 있으며
당신의 기쁨은
그 말에 기쁨의 선율을 더하고 있습니다.
당신은 사랑으로 내게 기대시어
당신의 완전한 기쁨을
내 몸 안에서 느끼십니다.

66

그녀는 내 존재 밑바닥에서
어슴푸레한 황혼 속에 남았던 아침 햇빛이 비쳐 와도
그 베일을 벗지 않은 채
조용하고 아련하게 살고 있습니다.
나의 님이여,
이 소녀가 당신께 바치는
이 세상 아쉬움의 노래에 깃들인
내 마지막 선물입니다.

어떤 말로도
그녀의 마음을 얻지 못하였습니다.
온갖 사랑의 맹세와 열정으로 팔을 뻗어
그녀를 잡고자 하였으나 허사였습니다.

내 가슴속 깊이 그녀를 간직한 채
이 나라에서 저 나라로 헤매고 다녔습니다.

내 생애의 열정은 오직 그녀만을 위한 것이었습니다.

내 생각과 행동

내 잠과 꿈은 모두 그녀가 지배하고 있었으나

그녀는 아직도 홀로 떨어져 있습니다.

많은 사람들이 나의 문을 두드려 그녀를 찾았으나

모두 절망하여 되돌아갔습니다.

이제껏 그녀와 얼굴을 맞대 본 사람은

이 세상에 없었습니다.

그녀는 외로움 속에서

당신께서 알아주실 날만 기다리며

고독하게 남아 있습니다.

67

당신은 큰 하늘이며
또한 보금자리이십니다.
오오, 아름다운 님이여,
그 보금자리 속에서
당신의 사랑은
여러 빛깔과 노래와 향기로
영혼을 감싸 주십니다.

저 아침이
오른손에 황금의 바구니를 들고
거기 아름다운 화환을 담아
고요히 대지 위에 왕관을 씌웁니다.

또한 저기 저녁이
가축 떼 사라진 황폐하고 쓸쓸한 초원을 넘어
아무 표식도 없는 길을 지나

서쪽 안식의 바다로부터
황금 물동이에 평화의 신선한 물을 길어
애써 찾아옵니다.

그러나 영혼이 쉬어 갈
무한한 창공이 펼쳐지는 곳에
티끌 하나 묻지 않은 새하얀 빛이 나타납니다.
거기는 낮도 밤도 없고
형용도 빛깔도 없고
한마디 말도 없는 곳입니다.

68

당신의 햇살은 두 팔을 벌리고
이 몸이 사는 대지로 찾아옵니다.
그리하여 내 문 앞에 기나긴 세월 동안 서서
내 눈물과 한숨과 노래로 뒤엉킨 구름을
당신의 발 아래로 되돌리려 합니다.

당신은 기쁨으로 별이 반짝이는 당신의 가슴에
안개 자욱한 구름 외투를 입으시고
수많은 모습으로 바꾸시며
끝없이 변하는 빛으로 물들이고 계십니다.

그것은 가볍고 잘 날며
부드러움과 눈물과 어두움을 간직하고 있으나
당신은 그것을 사랑하십니다.
티 없이 맑으신 님이시여,
이것이 그 애처로운 그림자로

당신의 엄숙한 빛을 덮고 있는 까닭입니다.

69

밤이나 낮이나 내 혈관을 흐르고 있는 이 생명은
온 세상 속으로 흘러 들어
장단에 맞추어 춤을 춥니다.

생명은 대지의 먼지를 통해
무수한 풀잎에 기쁨의 화살을 쏘아 올리고
부산한 물결로
나뭇잎과 꽃들을 향해서도 터져 나갑니다.

생과 사가 숨쉬는 큰 바다 요람 속에서
생명은 이리저리 흔들리고 있습니다.

나의 손과 발은 이 생명의 세계에 접하여
영광의 창조를 받은 것임을 느낍니다.
또 이 순간도 무수한 세월로 이루어진 생명의 고동이
내 핏속에서 춤추고 있음은 영광입니다.

70

이 음률의 기쁨으로
당신께 이를 수 없는 것입니까?
이 두려운 쾌감의 소용돌이 속에
던져지고 버려지고 부서지는 것이
그러한 것입니까?

온갖 것이 달라져 가고 있습니다.
모든 것은 멈출 줄을 모르고
뒤도 돌아보지 않으며
어떠한 힘도 흘러가는 이들을
잡아 돌이킬 수 없습니다.

쉴 새 없이 빠른 음악에 발맞추어
계절이 춤추며 왔다가 다시 지나쳐 갑니다.
빛깔도 가락도 향기도
끝없는 폭포가 되어

넘쳐나는 기쁨에 쏟아져 내려
순간 순간마다 흩어지고 내던지며
절망하여 사라져 갑니다.

71

나는 스스로를 소중히 키워
이를 사방으로 향하게 하여
온갖 빛을 당신의 영광 위에 뿌려야 합니다.
이는 당신의 환영(幻影)입니다.

당신은 당신 스스로의 존재에 벽을 쌓으시고
일만 곡조로 당신의 분신을 부릅니다.
당신의 분신은 내 안에서도 형체를 이루고 있습니다.

그 통절한 노래는 하늘 가득 메아리 쳐서
천태만상의 눈물과 미소
공포와 희망이 됩니다.
물결이 밀려왔다가는 다시 가라앉고
꿈은 깨졌다가 다시 맺어집니다.
당신은 내 안에서
스스로 이기는 법을 알고 계십니다.

당신께서 치신 막에는
밤과 낮의 붓으로
수많은 모습이 그려져 있습니다.
그 뒤에는 당신의 거처가
찬란한 신비의 곡선으로 짜여져
메마른 직선은 하나도 없습니다.

당신과 이 몸의 거대한 장관(壯觀)이
하늘을 가득 덮었습니다.
당신과 이 몸의 음률로 온 대기가 진동하고
당신과 내가 숨바꼭질하는 데
온 세월이 지나갑니다.

72

가장 속 깊은 곳에 계신 님이여,
당신은 깊고 신비로운 조화로써
나의 존재를 깨워 주시는 화신이십니다.

마술의 주문을 내 눈에 넣으셔서
기쁨과 괴로움의 음률을 켜시어
나의 심금을 기꺼이 울리시는 분이 바로 당신입니다.

당신은 금과 은
파랑과 초록의 미묘한 빛깔로
환상의 거미줄 같은 직물을 짜시고
그 주름 사이로 발끝을 엿보게 하십니다.
당신의 발에 내 손길 닿았을 때
나는 나 스스로를 잊게 되옵니다.

많은 날이 오고, 해가 지나갑니다.

당신은 언제나

만 가지 이름과 만 가지 모습으로

이 가슴을 뛰게 하고

또 만 가지 기쁨과 설움의 법열로써

항상 내 마음을 감동케 하십니다.

73

내게 있어
구원은 체념 속에 있는 것이 아닙니다.
나는 수많은 기쁨의 굴레 속에서
자유의 포옹을 느낍니다.

당신은 언제나
갖가지 빛깔과 향기의 신선한 술을
날 위해 이 토기의 잔에
철철 넘게 채워 주십니다.

나의 세계는
서로 다른 수백의 등잔에 불을 밝히어
이것으로 당신의 사원 제단을 꾸미겠습니다.

나는 내 의식의 문을 결코 닫지 않을 것입니다.
보고 듣고 또 어루만지는 기쁨은

당신의 기쁨을 전할 것입니다.

그렇습니다.
나의 온갖 환상은
기쁨의 광채로 불타 오를 것이며
나의 온갖 희망은 완숙하여
사랑의 열매로 익어 갈 것입니다.

74

해는 이미 저물어 어둠이 대지를 덮어 내립니다.
강가에 나가
물동이로 물을 길어 올 시간이 되었습니다.
밤바람은 강물의 구슬픈 음악에
열심히 귀를 기울입니다.
아아, 그 음악이 나를 어둠 속으로 불러들입니다.

외로운 오솔길엔 지나는 사람 하나 없고
강물엔 바람이 일어 잔물결이 여울집니다.

나는 내 집에 돌아갈 수 있을까요?
누구라도 우연히 만날 수 있을까요?
저기 선창가 작은 배 위에는
낯선 사람이 가야금을 타고 있습니다.

75

우리 중생에게 주시는 당신의 선물은
우리의 온갖 요구를 채워 주시고
우린 그대로 당신께 되돌아 흘러갑니다.

강물은 날마다 할 일이 있어
들과 마을을 서둘러 지나가고
그러면서 끊임없는 흐름은
당신의 발을 씻기고자 되돌아갑니다.

꽃은 그 향기로 대지를 아름답게 하나
그 마지막 의무는
당신께 그 몸을 바치는 일입니다.

당신께 드리는 예배는
이 세상을 궁핍에서
벗어나게 하려 함입니다.

시인의 말씀 가운데서
사람들은 즐겁게 해주는 뜻을 찾지만
그 말씀의 마지막 뜻은
당신을 지향하는 것입니다.

76

오오, 내 생명의 주인이시여!
날이면 날마다
당신과 마주 설 수 있겠습니까?
거대한 당신의 하늘 아래서
아무 소리 없이 겸손하게
당신과 마주 설 수 있겠습니까?
고난과 싸움으로 시끄럽고 고생스런
당신의 세계에서
분주한 무리들에 끼어 있어도
내가 당신과 마주 설 수 있겠습니까?

그리하여 이 세상에서 내 할 일이 끝났을 때
오직 나 홀로 말없이
당신과 마주 설 수 있겠습니까?
오, 왕 중의 왕이시여!

77

당신을 내 신으로 모시고
나는 떨어져 서 있습니다.
당신이 나의 자아인 줄도 모르고
가까이 하려 하지 않습니다.
당신을 내 아버님으로 모시고
당신의 발 아래 머리를 조아립니다.
당신의 손을 친구의 손을 잡듯이 잡았습니다.

당신께서 내려오셔서
나의 자아라고 말씀하실 때
나는 거기 서 있지 않습니다.
당신을 내 가슴에 안고
나의 동지로 맞아들일 때
나는 당신을 잡았습니다.

내 형제 중의 형제이십니다.

하지만 나는 형제들에게 관심을 기울이지 않고
내가 번 것을 그들에게 나누어 주지도 않으며
나의 모든 것을 오직 당신과 나누려 합니다.

즐거울 때나 괴로울 때나
나는 사람들 곁에 서지 않고
이처럼 당신 곁에만 설 뿐입니다.
나는 내 생명 던지는 것을 주저하기에
위대한 생명의 바다에
뛰어들지 못합니다.

78

창조물이 새롭고
뭇 별들이 찬란히 빛날 때
신들은 천상에 모여 노래하였습니다.
"오오, 완성의 극치여, 진정한 기쁨이여!"
그런데 갑자기 어느 한 사람이 외쳤습니다.
"어디선가 빛줄기의 한 곳이 끊겨
별 하나가 없어졌도다."

신들의 가야금 황금 줄이 끊어지고
노래도 멈췄습니다.
그러자 그들은 당황하여 울부짖었습니다.
"그렇지. 저 없어진 별이 제일 뛰어난 별이었지.
그 별이 모든 천계의 영광이었다."

이날부터 쉴 새 없이
그 별을 찾기 시작하였습니다.

모두가 저마다 통곡하면서 소리쳤습니다.
"그 별이 없어져 이 세상의 단 하나뿐인
기쁨을 잃었다!" 고.

오직 한밤중 가장 심오한 침묵 속에서만
별들이 서로 웃음 지으며 속삭입니다.
"찾아도 쓸데없는 일이어라.
빈틈없는 완성이 끝까지 가득하나니!"

79

만일 당신을 뵙지 못함이
내 평생 숙명이라면
당신의 모습 뵙고자 하는 바람만이라도
영원토록 지니게 하소서.
단 한 순간도 잊지 말게 하소서.
꿈속에서나, 혹은 깨어 있더라도
이 설움의 고통을 참아 가게 하소서.

세상 번잡한 저자에서 나의 세월을 보내고
매일 매일의 이득이 두 손안에 가득 찬다 해도
이 몸은 아무 것도 얻은 것 없음을
항상 깨닫게 하여 주소서.
단 한 순간도 잊지 말게 하소서.
꿈속에서나, 혹은 깨어 있더라도
이 설움의 고통을 참아 가게 하소서.

기진하고 허덕이며 이 몸이 길가에 앉았을 때
먼지투성이 되어 잠자리를 펼 때
기나긴 나그네 길이 아직도 요원함을
언제나 느끼게 하소서.
한 순간도 잊지 말게 하소서.

내 방의 장식이 벗겨지고
피리 소리와 웃음소리가 높아질 때
내가 당신을 내 집에 초대하지 못했음을
언제나 생각하게 하소서.
단 한 순간도 잊지 말게 하소서.
꿈속에서나, 혹은 깨어 있더라도
이 설움의 고통을 언제나 참아 가게 하소서.

80

오오, 영원히 빛나는 나의 태양이여!
나는 헛되이 창공을 떠돌아다니는
한 조각 가을 구름과도 같습니다.
당신의 눈부신 빛과 한 몸이 되도록
당신의 손길은 아직도
나의 망상을 풀어 헤치시지 못하였기에
나는 당신과 떨어져 있는 동안의
달과 해를 손꼽아 헤아리고 있습니다.

만일 이것이 당신의 소원이라면
만일 이것이 당신의 장난이라면
흘러가는 내 허무를 잡으시어
색을 칠하고 황금으로 도금하여
그것을 변덕스러운 바람에 띄워
여러 가지 기적으로 펼쳐 주소서.

그리고 또 밤이 되어
이 장난을 끝내고자 하신다면
나는 어둠 속에 녹아서 어둠 속으로
흔적 없이 사라지겠습니다.
아니면 신선한 아침의 미소 속이나
순결하고 투명한 냉기 속으로
흔적도 없이 녹아 사라지려 합니다.

81

수없이 거듭하며
헛되이 지나간 잃어버린 날들을
나는 진정 슬퍼했습니다.
하지만 이는 결코 시간을 잃은 것이 아닙니다.
나의 주인이시여,
당신은 친히 당신의 손으로
내 생의 순간 순간을 잡아 주었습니다.

당신은 모든 존재의 핵심에 숨어
씨앗을 길러 싹으로 만드시고
봉오리를 만드시어 꽃을 피우시고
꽃은 풍부한 열매를 맺게 하셨습니다.

이 몸은 만사가 피곤하여 태만의 잠자리에 들어
모든 일이 끝났다고 생각하였습니다.
아침이 되어 잠을 깨어 보니

내 정원은 기적의 꽃들로 가득 차 있었습니다.

82

당신의 손안에 있는 시간은 한이 없습니다.
나의 주인이시여,
당신의 시간을 헤아릴 사람은 아무도 없습니다.

낮과 밤이 지나고
세월은 꽃처럼 피었다가는 시들어 갑니다.
당신은 기다리는 법을 알고 있습니다.
당신은 몇 백 년에 걸쳐 하나의 작은 들꽃을 피게 합니다.

우리에게는 충분한 여유가 없습니다.
시간이 없기에
우리는 서로 기회를 잃지 않으려 합니다.
너무나 가난하기에 지체할 수가 없습니다.

그리하여 불평객이라면 누구에게나
원하는 시간을 내주기에

그렇게 시간은 흘러가 버립니다.
그리고 당신의 제단에는 언제까지나
무엇 하나 올리지 못합니다.

해가 질 무렵
당신의 문이 잠기지 않을까 두려워
급히 서둘렀습니다.
하지만 아직 여유가 있음을
나는 거기 당도하여 알았습니다.

83

어머니,
제 설움의 눈물로
당신 목에 걸어 드릴 진주 목걸이를 꿰겠습니다.

별들은 어머니의 발목을 치장하고자
그 빛을 꿰어 발찌를 만들었습니다.
그러나 제가 만들 장식은
당신 가슴에 드리우겠습니다.

부귀와 명예는 당신에게서 나오는 것
그것을 주건 안 주건
당신 마음에 달려 있습니다.
하지만 이 내 설움은 온전히 제 것입니다.
내가 이것을 당신께 드릴 때
당신은 자비와 은총으로 보답하여 주십니다.

84

온 누리에 퍼져
무한한 하늘에 무수한 형상을 낳게 함은
고독한 고통입니다.

온 밤을 침묵 속에서 이 별 저 별을 응시하고
비 내리는 7월의 어둠 속
바삭거리는 나뭇잎에서
서정에 잠기게 됨은 고독한 슬픔입니다.

가정에서
사랑과 욕망이 깊어 가고
쾌락과 괴로움이 깊어 감은
이 전면에 펼쳐지는 고통입니다.
그리고 이는 시인인 내 가슴속에
언제나 노래가 되어 녹아 흐릅니다.

85

무사들이 스승의 공관에서 처음으로 나왔을 때는
어디다 그들의 힘을 감추어 두었던가?
갑옷과 무기는 어디에 두었던가?

스승의 공관에서 나온 날
그들은 구차하고 무능했습니다.
그리고 그들의 머리 위로
화살이 빗발처럼 쏟아져 내렸습니다.

무사들이 스승의 공관으로 발맞춰 돌아갔을 때
그들의 힘은 어디에 감추어 두었던가?

그들은 칼을 떨어뜨리고 활과 화살도 버렸습니다.
그들의 얼굴에는 평화가 깃들어 있었고
그 생애의 열매는 후세에 남았습니다.

86

당신의 종인 죽음이 내 문 앞에 있습니다.
그는 이름 모를 바다를 건너
내게 당신의 부름을 전하러 왔습니다.

밤은 어둡고 내 마음은 두렵습니다.
그러나 나는 등불을 들고 문을 열어
공손히 그를 맞아들이겠습니다.
문 앞에 서 있는 분은 당신의 사자이니까요.

나는 손을 모으고 눈물을 흘리며
그에게 예배하겠습니다.
내 마음의 보물을 그의 발 밑에 놓고
그에게 예배하려 합니다.

당신의 종은 나의 아침에 어두운 그림자를 남기며
의무를 수행하고 돌아갈 것입니다.

그리고 쓸쓸한 내 집에는

버림받아 의지할 곳 없는 내 자아만이

당신께 바치는 마지막 제물로 남아 있을 것입니다.

87

필사의 희망을 걸고
그녀를 찾아 온 방안 구석구석을 돌았지만
끝내 그녀를 찾지 못했습니다.
내 집은 작으나 한 번 잃은 것은
두 번 다시 찾을 길이 없습니다.

하지만 나의 주인이시여,
당신의 저택은 영원합니다.
내 그녀를 찾고 있는 사이
어느덧 당신의 문 앞에까지 왔습니다.

나는 당신의 밤하늘 황금 지붕 밑에 서서
안타까운 눈길로 당신의 얼굴을 우러러 봅니다.

나는 아무 것도 사라질 리 없는
영원의 언저리에 와 닿았습니다.

희망도 행복도
눈물 사이로 비친 환상의 모습도.

오오, 허무한 내 인생을 저 바다에 잠기게 하고
이 무한의 깊이에 빠져 들게 하소서.
이 몸으로 하여금 저 우주의 총체 속에서
잃어버린 그 따스한 손길을
다시 한 번 느끼게 하옵소서.

88

황폐한 사원의 신성(神性)이여!
이제 비나(vina, 인도의 칠현금)의 줄은 끊기고
당신을 찬양하는 노래는 부르지 않습니다.
저녁 종소리는
당신께 드릴 예배 시간을 알리지 않습니다.
당신을 둘러싼 공기는 조용히 가라앉고
당신의 쓸쓸한 거처에는 봄바람이 불어 옵니다.
그러나 그 바람은 당신의 예배에 바칠 수 없는
꽃들의 향기를 가져 옵니다.

당신의 늙은 사제들은
거부받는 은총을 구하러 끝없이 방황하건만
땅거미 질 무렵 불빛과 어둠이
어두운 땅과 섞일 때면
지친 몸과 허기진 마음으로
황폐한 사원에 되돌아옵니다.

숱한 잔칫날이 조용히 당신께 다가옵니다.

황폐한 사원의 신이시여!

수많은 예배의 밤 또한

등불도 밝히지 못하고 사라집니다.

정교한 솜씨의 장인들이 숱한 신상(神像)을 세우지만

때가 되면 신성한 망각의 강물에 띄워 보냅니다.

오직 황폐한 사원의 신들만이

끝없는 태만 속에

예배받지 못한 채 남아 있을 뿐입니다.

89

다시는 큰소리로 시끄럽게 떠드는 것을 원치 않으니
이를 삼가시오.
내 주인의 뜻이 이러하옵니다.
이제부터는 작은 소리로 속삭이겠습니다.
내 마음의 소리는
노래를 읊조림으로써 옮겨지게 될 것입니다.

사람들은 왕(王)의 저자로 서둘러 갑니다.
사고 파는 사람들이 모두 거기 모여 있습니다.
그러나 나는 일하는 도중인 한낮에
때도 아닌데 쉬고 있습니다.

비록 때는 아닐망정 나의 뜰에 꽃이 피었으면……
한낮의 꿀벌들이 한가롭게 노래 불렀으면……

나는 선과 악의 싸움으로 너무 오랜 시간을 보냈지만

이제는 내 허무한 나날의 놀이 친구가
내 마음을 잡아 끌기만 즐겨 합니다.
그러나 왜 쓸모 없는 일로 갑자기 불려 나왔는지
나는 전혀 알지 못합니다.

90

죽음이 네 문을 두드리는 날이면
너는 그에게 무엇을 내놓을 수 있겠는가.

오오, 나는 내 생명이 가득 찬 잔을
그 손님에게 올리리라.
결코 손님이 빈손으로 돌아가게 하지는 않으리라.

내 모든 가을날과
여름밤의 향기로운 포도 수확을
또 바쁜 내 일생 동안 벌어들인
모든 수확과 주운 것을
죽음이 내 문을 두드려
내 인생이 끝나는 날에
나는 죽음 앞에 서슴지 않고 내놓겠습니다.

91

오오, 인생의 마지막 마무리인 죽음이여,
나의 죽음이여,
이리 다가와서 내게 조용히 속삭여 주오!

날이면 날마다 나는 그대를 기다렸소.
그대 기다리며
나는 내 인생의 즐거움과 고통을 참아 왔소.

나의 존재
나의 소유
나의 희망과 나의 사랑, 그 모든 것은
언제나 고요한 깊이로 죽음을 향하여 흘러갔소.
그대 눈길로 마지막 한 번만 흘겨보는 날이면
내 생명은 장차 그대 소유가 될 것이오.

꽃도 엮어 놓았고

신랑을 위한 화환도 준비되었소.
결혼식이 끝나면 신부는 제 집을 떠나
밤의 고적 속에
그녀를 기다리는 신랑 집으로 갈 것이오.

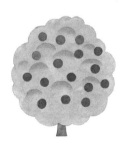

92

이윽고 그날이 오면
나는 이 세상에서 보는 힘을 상실할 것입니다.
그러면 생명은 나의 눈 위에 마지막 장막을 드리우고
말없이 사라질 것입니다.

하지만 여전히 별은 밤을 지키며 깨어 있고
아침은 밝아 올 것입니다.
세월은 바다의 파도처럼 솟아올라
기쁨과 괴로움을 토해 낼 것입니다.

내 세월의 종말을 생각할 때
이 광음의 장벽이 무너지고
죽음의 등불로 밝혀지는 당신의 세계가
무심한 보화로 가득 쌓여 있음을
나는 뚜렷하게 보고 있습니다.
거기서는 초라한 자리도 멋있고

어떤 초라한 인생도 멋있어 보입니다.

동경하였으나 얻지 못한 것과
또 얻을 수 있었던 것
그 모든 것 버리게 하시고
내가 항상 물리치고 무시하고
미처 보지 못한 것만
진실로 소유하게 하소서.

93

나는 떠나야겠습니다.
안녕히 계십시오, 형제들이여!
내 모든 형제들에게 절하고 작별하겠습니다.

여기 내 문의 열쇠를 돌려 드립니다.
또 내 집에 대한 온갖 권리도 모두 포기합니다.
오직 그대들로부터 마지막 정다운 말씀을 듣고자 할 뿐입니다.

우리는 오랫동안 이웃 사촌이었습니다.
그러나 내가 준 것보다는 받은 것이 많았습니다.
이제야 날이 밝아
내 어두운 구석을 밝히던 등불도 꺼졌습니다.
부르심이 왔습니다.
나는 여행의 준비를 모두 끝냈습니다.

94

이제 내 떠날 시간이 되었사오니
친구여 내게 행운을 빌어 주소서.
하늘은 새벽빛으로 빛나고
나의 갈 길은 아름답게 놓여 있습니다.

내가 그리로 무엇을 가져 가는지
묻지 말아 주십시오.
나는 빈손으로 길 떠나지만
마음은 기대로 부풀어 있습니다.

나는 결혼식의 화환을 걸치겠습니다.
내 옷은 나그네가 입은 붉은 갈색 옷이 아닙니다.
또 내가 가는 길이 험하다고 할지라도
내 마음은 조금도 두렵지 않습니다.

내 나그네 길이 끝날 즈음

저녁 별이 비춰질 것이며
황혼이 주는 선율의 구슬픈 가락이
왕궁의 문에서 울려 나올 것입니다.

95

내 처음으로 이 생명의 문턱을 건너던 순간
나는 아무 것도 깨닫지 못했습니다.

한밤중 숲 속의 꽃봉오리와도 같이
이 거대한 신비를 향해
이 몸을 개방하게 한 힘은 무엇입니까?

날이 밝아 아침 햇살을 바라볼 때
나는 이 세상의 낯선 사람이 아니었으며
이름도 없고 모습도 없는 저 헤아릴 수 없는 분이
나를 낳은 어머니의 모습으로
나를 안아 일으켜 세우셨음을 바로 깨달을 수 있었습니다.

이처럼 내 영원한 이별을 고할 때에도
그 낯선 분이
낯익은 예전의 모습으로 나타나실 겁니다.

나는 이 삶을 사랑하기에

죽음도 또한 사랑해야 할 줄 알고 있습니다.

어머니가 오른쪽 젖에서 아기를 떼어놓으면

어린 아기는 소리쳐 울지만

바로 왼쪽 젖을 물려 주어 아기를 안심시킵니다.

96

내 이승을 떠날 때에
나는 작별의 인사를 이렇게 드리렵니다.
"내가 본 것은 비할 데 없이 훌륭하였습니다.
광명의 바다에 펼쳐진 연꽃 속에
숨어 있는 꿀을 나는 맛보았습니다.
그래서 나는 이처럼 행복합니다."
이 말이 내 작별 인사입니다.

무수한 모습을 지닌 이 극장에서
나는 자신을 연기하는
형체도 없는 그분의 모습을 보았습니다.
어루만질 수 없는 그의 손길이 닿자
내 온몸과 손발은 떨렸습니다.
그러나 지금 이것이 마지막이 된다면
그냥 끝나도록 해주소서.
나는 작별의 인사를 이렇게 드리렵니다.

97

내가 당신과 같이 어울려 놀았을 때도
당신이 누구신지 물어 본 적이 없었습니다.
나는 수줍음도 두려움도 모릅니다.
내 생활은 밝고 요란했습니다.

이른 아침이면
당신은 내 친구처럼 나의 잠을 깨우시고
나를 이 숲에서 저 숲으로 뛰어 놀게 하셨습니다.

그때 당신께서 나를 위해 들려주신 그 노래의 뜻을
나는 알려고도 하지 않았습니다.
오직 내 목소리만이 그 곡조에 맞춰 노래하고
내 마음은 그 음률로 춤을 추었습니다.

이제 놀이 시간이 다 지나간 지금
갑자기 눈앞에 닥쳐온 이 광경은 무엇입니까?

세상도 별도 말이 없을 뿐
모두 당신 발 아래 눈을 내리깔고
경건하게 서 있었습니다.

98

이 몸은 패배의 표식으로
전리품과 화환으로 당신을 꾸미겠습니다.
패배 전에 도망치는 것은
내게 용납되지 않습니다.

나는 자존심이 꺾이리라는 것을
잘 알고 있습니다.
내 자만은 막다른 곳에 이르고
생명은 극도의 고통을 겪어
드디어는 그 굴레를 부숴 버리고,
내 공허한 마음은 꿈꾸는 갈대 피리처럼
흐느껴 우는 음악을 연주할 것입니다.
그러면 단단한 돌도 녹아 눈물로 변할 것입니다.

일백 개의 연꽃잎이
영원히 닫혀진 채로 있지는 않으리라는 것을

나는 잘 알고 있습니다.

또 남모르는 꿀집도 온통 드러나리라는 것도.

푸른 하늘에서 하나의 눈길이 이 몸을 노려보며

소리 없이 나를 부를지도 모릅니다.

나에겐 아무 것도 남은 것이 없으며

당신의 발 아래서 완전한 죽음을 맞게 될 것입니다.

99

내가 탄 배의 키를 놓을 때
당신께서 그것을 받으실 때가 왔음을 알았습니다.
해야 할 일은 바로 할 것이라 믿으며
이젠 다투어도 소용없음을 압니다.

내 마음이여,
네 손을 거두고 조용히 너의 패배를 참음이 좋으리라.
그리고 네가 자리잡은 곳에
여전히 편안하게 앉아 있는 것만도 다행이라 생각하라.

내가 지녔던 등불은 사소한 바람에도 꺼져 버리고
거기 다시 불을 켜고자 허덕이다가는
다른 것들을 모두 다 잊고 말 것입니다.

그러나 이젠 지혜롭게 나의 자리를 펴고
어둠 속에서 기다리렵니다.

오오, 님이시여!
언제나 당신이 좋으실 때
조용히 오서서 여기 당신 자리에 앉으소서.

100

이 몸은 여러 모양의 바다 속으로 뛰어들어
형체 없는 완전한 진주를 얻고자 희망합니다.
비바람에 시달려 낡고 해진 작은 배를 타고
이 항구에서 저 항구로 노 저어 다니는
그런 일은 이제 다시 없을 겁니다.
파도에 출렁이며 놀던 날들은
오래전에 지난 옛일입니다.

이젠 죽어 불사(不死)에 다다름을
애타게 열망하옵니다.

소리 없는 현의 음악이 높이 울리는
끝없이 깊은 바닷가 응접실로
이 생명의 가야금을 가지고 가렵니다.

영원의 곡조로 가야금을 연주하겠습니다.

그리하여 가야금이 마지막 곡조를 흐느끼면

나는 침묵의 당신 발 아래

소리 없는 가야금을 내려놓겠습니다.

101

내 한평생 노래로써 당신을 찾아왔습니다.
이 집 저 집으로 날 인도한 것은 노래였으며
그 노래로 내 세계를 찾고 더듬어
거기 손길이 닿을 수 있었습니다.

내가 일찍이 배운 온갖 것을
내게 가르쳐 준 것은 바로 이 노래들입니다.
노래는 나를 비밀의 오솔길로 이끌어 주고
내 마음의 지평선 위에
수많은 별을 보이게 하였습니다.

내 노래는 긴긴 날을
기쁨과 고통의 나라
신비의 고장으로 날 인도하였습니다.
그리고 내 나그네길 끝나고 해 저물 때
이윽고 어느 궁전의 문 앞으로

나를 이끌어 간 것입니다.

102

당신을 알고 있다고

나는 사람들에게 자랑했습니다.

그들은 나의 온갖 작품 속에서

뚜렷한 당신의 모습을 봅니다.

사람들은 몰려와 나에게 묻습니다.

"저 사람은 누군가요?"

나는 어찌 대답할지 몰라 이렇게 말합니다.

"사실은 나도 잘 모릅니다."

사람들은 나를 꾸짖고 비웃으며 가 버립니다.

그래도 당신은 미소를 띤 채 거기 앉아 계십니다.

나는 당신의 이야기를

내 긴긴 노래에 빠짐없이 담았습니다.

남모르게 품은 그리움이 내 가슴에서 용솟음칩니다.

사람들이 와서 내게 묻습니다.

"당신 노래의 뜻을 모두 말해 보시오."

나는 뭐라고 대답할지 몰라 이렇게 말합니다.
"아아, 내 노래가 무엇을 뜻하는지 누가 알리오."
사람들은 나를 몹시 비웃고는 가 버립니다.
그러나 당신은 빙그레 웃으시며 역시 그 자리에 앉아 계십니다.

103

나의 님이시여,
내 몸과 마음을 당신께 의지하여
내 모든 감각이 손을 뻗쳐
당신의 발 아래 엎드리어
이 세계를 어루만지게 하여 주소서.

아직 다 내리지 않은 소나기의 짐을 지고
나직하게 떠 있는 7월의 비구름과도 같이
내 몸과 마음을 당신께 의지하여
당신의 문 앞에 머리 숙여 모든 것 바치게 하소서.

온갖 내 노래로 하여금
갖가지 다른 선율을 함께
한 줄기 흐름으로 모아
내 몸과 마음을 당신께 의지하여
침묵의 바다로 흘러가게 하여 주소서.

밤이나 낮이나 고향이 그리워
산 속의 보금자리로 날아 돌아가는 학의 무리처럼
내 몸과 마음을 당신께 의지하여
내 모든 생명 바쳐
영원의 안식처로 항해하게 하소서.

작가와 작품 해설

타고르의 생애와 작품 세계

　아시아인 최초의 노벨 문학상 수상자였던 타고르는 우리나라를 가리켜 일찍이 '동방의 등불'이라고 했던 것으로 더 유명하다. 1861년 인도 캘커타의 명문가에서 태어난 타고르는 진보적 사상을 지닌 아버지의 영향으로, 인도 고유의 종교 문학뿐 아니라 영국에도 유학하여 법률을 공부하는 등 유럽 사상과도 접했다.

　그의 집안인 타고르 가(家)는 벵골 문예 부흥의 중심이었을 정도로 그의 아버지와 형들도 모두 문학적 재능이 뛰어난 사람들이었다. 이러한 분위기에서 자란 그는 이미 11세부터 시를 썼으며 15세 때에는 처녀 시집 『들꽃』을 내기도 했다. 1877년에는 영국에 유학하였으며 이

때 쉘리와 예이츠의 영향을 받기도 했다. 그의 예술적 기초는 1880년에 발표한 시집 『아침의 노래』로 확립되었고, 1890년에 발표한 시집 『마나시』에는 그의 천재성이 잘 나타나 있기도 하다.

이 시기의 작품은 대개가 유미적(唯美的)이었으나 그런 그에게 획기적이라고 할 수 있는 일이 1891년에 생겼다. 그는 당시 아버지 소유의 땅을 관리하게 되었는데, 이때 가난한 농민들과 접하게 되고 아울러 농촌 개혁에 뜻을 두게 되었다. 그리하여 당시에 그가 목격한 빈곤과 후진성에 대한 동정심은 그 후로 줄곧 그의 작품의 주제가 되었다.

그는 교육에도 지대한 관심을 나타내어 아버지에게서 물려받은 숲 속 평화의 집에 학교를 세우기도 했는데, 이것이 오늘날 인도의 국립 대학인 비슈바바라티 대학의 전신이다. 그는 이곳에서 아이들을 가르치며 그들의 인격 완성을 위해 헌신했다. 이때 다져진 교육적 체험을 반영하고 있는 시집이 바로 『기탄잘리』이다.

1909년 뱅골 어로 쓰여진 『기탄잘리』는 그중 103편의 시를 발췌하여 타고르 자신이 직접 영역하기도 했는데 그것이 1912년 영국에서 출판되었다. 이 책으로 말미암아 그는 1913년 노벨 문학상을 받게 되었고, 이어 1915년 영국에서 기사 작위를 받기도 했다. 그러나 그는 1919년 암리차르의 학살에 항거하기 위해 이 작위를 반납했다.

그는 교육과 작품 활동 외에도 세계 곳곳을 돌아다니며 동서 문화의 융합과 사상 교류에 관한 많은 강연을 했다. 특히 그가 1920년 동아일보에 기고한 「동방의 등불」이라는 시는 **나라**를 빼앗긴 우리 국민에게 큰 감동을 준 것으로도 유명하다.

그는 이러한 문학적 능력뿐 아니라 미술과 음악에도 상당히 조예가 깊었는데, 그가 당시 벵골 지방의 민요를 **바탕**으로 만든 「자나 가나 마나」(Jana Gana Mana)라는 노래는 인도의 국가가 되었다. 1941년 80세를 일기로 세상을 떠날 때까지 300권이 넘는 저술 활동을 편 타고르는 문학가요, 철학가요, 미술가요, 음악가요, 교육가요, 종교 혁신 운동가요, 사회 개혁론자였으며 오늘날 간디와 더불어 국부(國父)로서 칭송되고 있다.

작품 줄거리 및 해설

『기탄잘리』(Gitanjali)는 '신(神)께 바치는 송가(頌歌)'라는 뜻으로 원래는 총157편이었다. 영국에서 유학한 경험이 있던 타고르는 원전의 시 중 103편을 직접 추려 내어 이 책을 영역하였고, 1912년 영국에서 출판하여 온 유럽의 찬사를 받았다. 여기에 수록된 시들은 모두 종교적이고 상징적인 것으로 신에 대한 존경과 사랑을 나타내고 있다. 우리나라에는 1923년에 김억(金億)의 번역으로 처음 소개되었고, 한용운 등이 타고르의 영향을 받기도 했다.

『기탄잘리』에 등장하는 신은 어느 특정 신을 일컫는 것이 아니다. 타고르가 생각하는 신은 절대자로서의 신이 아니라 사랑의 대상으로서의 신이다. 다시 말해 범신론적 개념의 신으로서, 아름다운 것뿐만 아니라 어둡고 부정적인 삶의 고통이나 죽음마저도 신의 모습으로 받아들이고 있다. 타고르는 이러한 종교적 사상을 쉽고 아름다운 언어로 표현하고 있는데, 영문으로 바뀌어진 문장은 원래 벵골 어로 쓰여진 것보다는 그 문학적 가치가 떨어진다고 하겠다.

그럼에도 불구하고, 그가 『기탄잘리』에서 말하는 신에 대한 소박한 사랑과 감정은 동·서양인을 막론하고 깊은 공감을 끌어내고 있다. 특히 그와 동시대 사람이었던 영국의 시인 예이츠는 『기탄잘리』 속에 자신이 꿈꾸어 온 세계가 전개되어 있다며 극찬했고, 『장 크리스토프』의 저자인 로맹 롤랑은 그를 존경한다고까지 했다.

『기탄잘리』는 일상적인 언어로 평이하게 쓰여졌으면서도 그 운율이 유려하고 박력이 넘친다. 경건하고 감미로운 시 속에는 신과 우주와

인간에 대한 깊은 심성이 잘 드러나 있으며, 작품 전반에 흐르는 뜨거운 신앙심을 느낄 수가 있다. 여기에서 우리는 타고르가 현세에서 피안의 세계가 이루어지기를 얼마나 갈망했는지 엿볼 수 있으며, 그것을 위해 기도하는 구도자로서의 그의 삶과 만날 수 있다.

작가 연보

1861년	인도 캘커타의 명문가에서 15명의 아들 중 열넷째로 태어남.
1876년(15세)	처녀 시집 『들꽃』 간행.
1877년(16세)	영국에 유학하여 법률을 공부함.
1883년(22세)	시집 『아침의 노래』 간행.
1890년(29세)	시집 『마나시』 간행.
1891년(30세)	아버지의 땅을 관리하면서 많은 농민들과 접촉하고 농촌 개혁에 뜻을 두게 됨. 그리하여 산티니케탄에 학교를 세움.
1893년(32세)	『황금 조각배』 간행.
1895년(34세)	희곡 『정원사의 아내』 간행.
1896년(35세)	『경이』, 『늦은 추수』 간행.
1900년(39세)	『꿈』, 『찰나』 간행
1901년(40세)	『희생』 간행

1909년(48세)	시집 『기탄잘리』 간행.
1910년(49세)	소설 『고라』 간행
1912년(51세)	시집 『기탄잘리』 영역본 영국에서 간행.
1913년(52세)	시집 『기탄잘리』로 노벨 문학상 수상.
1914년(53세)	희곡 『우체국』, 『암실의 왕』 간행
1915년(54세)	영국으로부터 기사 작위를 수여받음.
1917년(56세)	평론 『인간의 종교』, 『내셔널리즘』 발표.
1919년(58세)	기사 작위를 반납함.
1921년(60세)	산티니케탄에 비슈바바라티 대학을 세움.
1929년(68세)	일본을 방문함. 한국을 소재로 한 두 편의 시 「동방의 등불」과 「패자의 노래」를 남김.
1941년	80세를 일기로 세상을 떠남.